CLAIR-OBSCUR

Jean Cocteau est né à Maisons-Laffitte, le 5 juillet 1889. Issu d'une famille de la grande bourgeoisie parisienne, son père, avocat et peintre amateur, se suicida lorsqu'il avait neuf ans. Il publia ses premiers poèmes dès 1909 et devint une des figures à la mode du Tout-Paris et des salons que fréquentaient les Daudet, la comtesse de Noailles, ou encore Marcel Proust. En 1913, la création par Diaghilev du *Sacre du printemps* de Stravinski fut pour lui une véritable révélation, qui devait influencer l'ensemble de son œuvre protéiforme. Pendant la Première Guerre mondiale, il se lia d'amitié avec Apollinaire et rencontra en 1918 Raymond Radiguet. L'entre-deux-guerres devait être pour Jean Cocteau une période d'intense créativité, placée sous le signe de l'avant-garde et notamment du surréalisme. Il collabora avec des musiciens tels que Erik Satie (*Parade*, 1917) et avec de nombreux peintres, dont Picasso. Auteur d'une poésie aux inspirations variées, futuriste, dadaïste ou cubiste, du *Cap de Bonne-Espérance* (1919) jusqu'à *Clair-Obscur* (1954), et de romans poétiques tels que *Le Potomak* (1919), *Thomas l'imposteur* (1923) ou *Les Enfants terribles* (1929), il occupa également une grande place dans le théâtre, avec *Les Mariés de la tour Eiffel* (1924), *La Voix humaine* (1930), *La Machine infernale* (1934), *Les Parents terribles* (1938), *Les Monstres sacrés* (1940), *La Machine à écrire* (1941), *L'Aigle à deux têtes* (1946), *Bacchus* (1952). Il se tourna aussi vers le cinéma, entretenant une longue amitié avec l'acteur Jean Marais et donnant au septième art des films et des scénarios marquants, parmi lesquels *Le Sang d'un poète* (1930), *L'Éternel Retour* (1943), *La Belle et la Bête* (1945, prix Louis-Delluc), *Les Parents terribles* (1949), *Orphée* (1950), *Le Testament d'Orphée* (1960). Enfin, cet artiste aux multiples talents était aussi dessinateur et peintre. On lui doit notamment la décoration des chapelles de Villefranche-sur-Mer et Milly-la-Forêt. Il fut élu à l'Académie française le 3 mars 1955. Jean Cocteau est mort le 11 octobre 1963.

Jean Cocteau

CLAIR-OBSCUR

POÉSIE

Lettre-préface de Gaston Bachelard

Le Rocher

TEXTE INTÉGRAL

ISBN 978-2-7578-0240-3
(ISBN 2-268-04756-3, 1re publication)

Université de Paris

Institut d'Histoire des Sciences
et des Techniques
Paris-VIe

Le Directeur,

2, rue de la Montagne-Sainte-Geneviève,
Paris-V^e

Le 11 février 1955

Cher Monsieur,

Depuis de longues semaines votre livre n'a pas quitté ma table et comme je ne quitte guère ma table, bien souvent je suis allé chercher ma part de lumière dans votre Clair-Obscur. *Les poèmes me furent des étincelles au milieu de la misère de mes tâches. Je retrouvais des flammes éteintes par les algèbres. Toute cette semaine lisant la Relativité de Tolman je m'arrêtais quand le livre m'arrêtait et pour reprendre courage je lisais du Cocteau. Je rêvais à des choses qui ne sont plus de mon âge. Les « pollens indécents » ressuscitaient des fleurs qui ne sont plus. La place*

Maubert sous ma fenêtre s'emplissait d'un verger. En février les arbres imaginaires étaient en fleur.

Je suis entré aussi dans votre cathédrale et j'ai si bien reçu la leçon de votre rosace que des heures durant – me semble-t-il, car lorsqu'on rêve les dents de montre arrêtent leur meurtrissure – j'ai moi aussi joué du Kaléidoscope. J'espère qu'on ne tardera plus à monter ces rosaces-là sur un subtil pivot. Ce clair-obscur en rotation, si on le sait mettre d'accord avec l'orgue, quelle harmonie ! Pour cette synthèse vous avez tout préparé. Le poète est l'être des accords.

Parfois dans ma lecture, cent fois reprise, je ne lisais qu'un vers. Ce vers, je le prenais pour moi – excusez-moi ! – Mais il y a des grands vers qui plongent le lecteur dans l'infini de sa propre histoire. p. 92 : Adieu faux paradis éternel Palimpseste. Voilà qui me révèle tous mes paradis perdus. Si l'on n'en perdais qu'un on pourrait le trouver. Mais, dites-moi entre temps [sic] *de souvenirs raturés comment trouver le bon.*

Vous voyez, en vous lisant je n'ai cessé de parler avec vous. Votre dédicace si amicale, votre dédicace me donnait le droit de me confier à vous. Parfois il me semble que pour aller au fond des âmes, il faudrait toujours les interroger en alexandrins.

Plus je viens et plus je suis sûr que les poètes sont les métaphysiciens d'aujourd'hui.

À eux la métaphysique instantanée ! Je l'ai dit cet hiver en mes cours publics. Avec un vers on tient la matière d'une longue leçon. Par exemple vous avez p. 45 ce trait de feu :

« Lorsque notre esprit court / toute vitesse est lente. » Comme « durée vécue » est endormante

devant la durée pensée ! Quel condensé d'arguments il y a dans un tel vers.

Ainsi Clair-Obscur *m'a donné des vacances et des pensées. Excusez-moi d'avoir été si long à vous remercier. J'espère que par le détour de Monaco ma lettre vous parviendra. Qu'elle vous dise, cher Monsieur, ma bien vive sympathie.*

Gaston Bachelard

La poésie est une langue à part que les poètes peuvent parler sans crainte d'être entendus, puisque les peuples ont coutume de prendre pour cette langue une certaine manière d'employer la leur.

1953-1954.

CRYPTOGRAPHIES

« Il est difficile d'avoir l'air facile. »

Jean-Philippe RAMEAU

I

FOUDROYER...

Foudroyer par l'obscur langage
Le rire du prisme solaire
C'est à quoi mon règne s'engage
Avec l'ange de colère.

Plus de profil ni de face.
Sur les armes de Persée
Il ne restera de trace
Autre que d'une pensée.

Et seul le jet pourpre d'elle
(La gorgone) d'où s'élance
Le cheval aux longues ailes
Qui découpent le silence.

II

DE TOUS LES PARTIS...

De tous les partis mon parti
Est le seul que je veuille prendre.
À quel vainqueur puis-je me rendre
Lorsque de moi tout est parti ?

Muses dans vos sombres usines
Savais-je que vous me feriez
Une couronne de lauriers
Plus féroces que des épines.

III

MUSES...

Muses dangereuses fées
Prises dans un seul manteau
D'un lourd chapiteau coiffées
Raides sous ce chapiteau.

Vos bras levés en forme d'anse
Votre allure de statues
Supportent un toit de silence
Fait d'œuvres encore tues.

Peut-il apparaître ce soit-
Disant toit mis sur votre faîte ?
Non. Car même une œuvre faite
Reste invisible ce toit.

Ce qui sera ce qui fut
N'étant qu'un sur l'architrave
Ne bougent de votre fût
Colonnes la tête grave.

Poésie un vieux temple neuf
Répond à l'éternelle insulte
Par le silence des neuf
Prêtresses de votre culte.

IV

IL FAUDRAIT...

Il faudrait de ma nuit atteindre les écluses
Les ouvrir et traquer les muses dévêtues
L'injurier de feux jusqu'à ce que ces muses
Perdissent leur dégaine antique de statues.

Je vivrais enfin calme et ce serait leur tour
De trébucher d'aller s'aveugler aux lumières
Entre elles de se battre et de mettre en plein jour
Leur visage de torche où flambe une crinière.

Je vivrais calme enfin et je regarderais
Un cheval maladroit à déployer ses ailes
Les neuf sœurs de ma nuit se déchirer entre elles
Et ces dames criant leurs augustes secrets.

V

MUSES PARDONNEZ-MOI...

Muses pardonnez-moi mes crises de révolte
Mais il m'arrive d'être las
Et de mal recevoir l'encre que je récolte
D'un cœur assassiné par vos neuf coutelas.

De ce buisson ardent votre amour me hérisse
Le verrai-je bientôt fané ?
Car nul sauf vous ne peut interrompre un supplice
Que le sort m'a voulu le jour où je suis né.

VI

SI LE TRAVAIL...

Si le travail m'enferme et rarement me laisse
Prendre quelque repos
Il m'arrive parfois d'arracher une laisse
Qui me coupe les os.

Je comptais sans un mur où s'exprime des muses
La sage déraison.
De quel droit dit ce mur est-ce que tu t'amuses ?
Retourne à ta prison.

Hors ma prison le temps sait mettre des sandales
Qui font croire qu'il court.
Mais je rentre en prison et je vois sur les dalles
S'allonger le temps court.

VII

PUISQUE NUL REGARD...

Puisque nul regard n'envisage
Ton visage dévisagé
Ne va pas toi-même outrager
L'innocence de ton visage.

Accepte le triste portrait
Œuvre d'une longue malice.
S'il te devenait un supplice
Ce portrait te ressemblerait.

Calme calme demeure en marge
Et si dur cet exil soit-il
Sur cette île de ton exil
Sois ton seul témoin à décharge

Tisser l'envers de ton tissu
Les muses en décident seules
Car ce que les muses lui veulent
Un poète n'a jamais su.

VIII

PAR QUEL DÉCLIC

Par quel déclic par quel bizarre phénomène
Quelle boucle du temps
Est-ce que ressuscite une défunte veine
Celle de mes trente ans ?

Dans cette ombre cachant ce qu'un jour elle donne
Où le retrouve-t-on
Ce travail qui vous mène à devenir colonne
Carton du mirliton ?

Saurai-je vos secrets calculatrices blondes
Qui visitez les fleurs
Et ne les visitez que si vos longueurs d'ondes
Correspondent aux leurs.

IX

ROUGE...

Rouge, rouge tu l'es parce que je te nomme.
Je nomme ta colère et ton éclatement
Et seraient sans valeur les feux du diamant
S'il n'avait pas reçu le baptême de l'homme.

Beau langage immobile en tous sens je te bouge
Ton fil grammatical se lâche ou se roidit.
Diamant l'or te sacre et l'œil te sacre, rouge
Mais le sacre n'est rien sans que le nom soit dit.

X

POUR LES VIERGES CALCULS

Pour les vierges calculs de l'algèbre du vers
Fulgure voix de fleur sans bouche !
(Comme on fait son lit on se couche)
Ne suis-je pas le cri du silence à l'envers.

Mon appel au secours de moi seul entendu
Doit être l'envers du silence
Et cette flèche que je lance
Ne peut se souvenir de mon arc détendu.

Voix fulgure de fleur sans bouche ! Arde couleur
De la foudre qui me renverse !
Enferme derrière une herse
L'insecte d'or pâmé dans ma gorge de fleur.

XI

JE NE LE PRÉTENDS PAS...

Je ne le prétends pas qu'un jour ma plume atteigne
Au bien dit que l'époque accuse d'être vain
Que je trouve en mon cœur les chiffres de Montaigne
Et la porte d'orgueil par où Malherbe vint.

Je me flatte pourtant de suivre leur exemple
Car à la platitude anonyme d'un mur
Feinte simplicité je reconnais le temple
Du soleil noir prié dans votre clair-obscur.

Tantôt j'observerai le dogme de vos rites
Tantôt je me réserve un droit oraculeux
Et sans du seul bien dit atteindre les mérites
Ses prêtres je respecte et me range auprès d'eux.

XII

QUELLE ROSACE...

Quelle rosace font du kaléidoscope
Les stupides émaux.
C'est ainsi que je tourne en leur humble enveloppe
Toujours les mêmes mots.

Une nuit, un miroir, construisent ma sévère
Machine de travail.
Et je dois obtenir avec des bouts de verre
Les feux de mon vitrail.

XIII

DANS UN TEMPS...

Dans un temps qui le verbe a prétendu découdre
(Et moi-même je le découds
Pour autrement recoudre une soie où la foudre
N'ose jamais porter ses coups)

Que je puisse ouvrageant les sauvages dentelles
De l'interminable tissu
Apprivoiser enfin cet ange dont les ailes
Imitent l'ombre d'un bossu.

XIV

DU MOI DONT VOUS SORTEZ...

Du moi dont vous sortez j'ignore l'origine
Et vous m'êtes venus sur des pieds de voleurs
Poèmes. Vos parfums, vos formes, vos couleurs
Servent à d'autres fins que je ne l'imagine.

Volubilis le soir vers le sommeil partis
Vous fanez de vos chairs la couleur et les formes.
Sais-je si loin de moi mes poèmes s'endorment
Pour rejoindre les lieux dont je les ai sortis.

Poèmes, fleurs cruelles, ensemble je vous range
Pièges auréolés de dangereux rayons
Et votre art qui n'est pas celui que nous croyons
Sur vos crimes secrets cherche à donner le change.

XV

QUELQUE VIN...

Quelque vin inconnu dans mes caves repose
De gardes encerclé.
Si je le voulais boire à quoi sert que je l'ose ?
Je n'en ai pas la clé.

Jamais sur ce vin vieux nulle voix ne m'informe
Et s'il tombe au rebut
Ou si c'est longuement qu'il faut que ce vin dorme
Avant que d'être bu.

XVI

DE LA TACHE...

De la tache qu'affecte un sang lorsqu'il se fige
Nous ne pouvons prévoir le précieux contour
Ni quel obscur travail notre machine exige
Lorsque l'encre du cœur va de la nuit au jour.

Quand don Giovanni Leporello déguise
Leporello qu'on frappe a de quoi s'étonner.
L'inconnu me dictant ce qu'il veut que je dise
Imite cette ruse et me fait bâtonner.

Mon sang coule par toi lance de mon silence
Mais un autre devrait se plaindre de tes coups.
À s'acharner ainsi se tordra cette lance
Car Lerne cache en moi son hydre à plusieurs cous.

XVII

CONTRE LE DOUTE...

Contre le doute hélas je n'ai pas de refuge
En quelles mains me suis-je mis ?
Et comment me juger car lorsque je me juge
J'ai les yeux de mes ennemis.

Que j'aimerais m'aimer et me laurer de gloire.
Attendre le succès final.
Mais contre moi si loin que cherche ma mémoire
Se retourne mon tribunal.

L'avocat me suspecte et le jury m'accuse
Tous les témoins me donnent tort
Et je dois écouter sans me trouver d'excuse
Ma condamnation à mort.

XVIII

QUEL EST CE FAUX TÉMOIN

Quel est ce faux témoin qu'à mon procès j'appelle
Quel est l'accusateur en moi-même dressé
Exigeant que ma bouche épèle
Chaque lettre de mon passé ?

Ce que je possédais sa malice me l'ôte
Il transforme les mots que je pense tout bas
J'aimerais connaître l'hôte
Contre lequel je me bats.

Pour se dissimuler sa science est experte
À sa place il me veut sur plusieurs échafauds.
Trop tard viendra la découverte
Que son témoignage était faux.

XIX

JE PERCHE...

Je perche ébouriffé de crêtes et de plumes
        On ne les peut voir à l'œil nu
Car le coq de combat des triomphes posthumes
        Aime demeurer inconnu.

Des victoires d'un jour tourne vite la roue
        L'une en s'allumant l'autre éteint.
Mieux vaut être ces coqs que la rosée enroue...
        Fantômes du petit matin.

XX

JACOB LUTTE...

Jacob lutte contre l'ange
Aussitôt l'ange se venge,
Voilà le lutteur boiteux.
De mes luttes maladroites
Sortent poèmes qui boitent
Et moi je boite comme eux

XXI

PEU M'IMPORTE LA PLUIE...

Peu m'importe la pluie et les vitres d'automne
Que le mistral galope et que la mer moutonne
Je souffre d'une autre saison
Celle qui dans mon corps n'a ni soleil ni pluie
Ni terre sur laquelle une maison s'appuie
Ni refuge d'une maison.

Captif d'un temple obscur dont se cachent les prêtres
Rien ne me donne espoir. Mes yeux sont des fenêtres
Par où je ne peux pas sortir.
Cette religion refuse le miracle
De ses prêtres cachés ma bouche est un oracle
Que la peur oblige à mentir.

XXII

PARFOIS MON ENCRE

Parfois mon encre veut que ma ligne se noue
Parfois qu'elle s'écoule en ne se nouant point.
La main d'ombre parfois me caresse la joue
Et parfois me montre le poing.

Qu'y puis-je ? Il me faudrait pouvoir prendre les [guides
Dompter le sort sauvage et tourmenter son mors.
Mais si je le pouvais seraient mes pages vides
Ou couvertes de soldats morts.

XXIII

ADOPTER...

Adopter l'ordre des vers
C'est mettre à l'endroit l'envers
Imposer fautes si hautes
Qu'elles cessent d'être fautes.

Se poignarder de couteaux
Et par d'étranges fausses plaies
Descendre au fond des seules vraies
Mines de rares métaux.

Venu le soir donner le change
(Elle croit que nous reculons)
À notre ombre espèce d'ange
Qui marche sur nos talons.

Déguiser de la vitesse
En costume de lenteur
Vendre notre droit d'aînesse
Et supprimer l'acheteur.

Conserver nos libres distances
Si le loin s'approche trop près

Et notre allure de stance
La faire boiter exprès.

Être les mauvais élèves
D'un collège dangereux
N'y pas raconter nos rêves
Ne rien apprendre que d'eux.

Belles âmes on vous brise
Comme le bâton dans l'eau
Ainsi dans l'eau de Venise
L'âme de Marco Polo.

XXIV

DANS LA PRISON...

Dans la prison de Gênes
Marco faisait le point
Or la vérité gêne
On ne l'y croyait point.

Il aurait fallu taire
Les perles de ses sacs
Que ronde était la terre
Et océans les lacs.

Les choses que je conte
Sont des mensonges vrais
Mais je mourrais de honte
Si tu le découvrais.

XXV

REFUSANT DE NIER...

Refusant de nier que notre terre est ronde
Vous mourûtes Marco Polo.
Vous aviez découvert une mine profonde
Et perdu vos preuves dans l'eau.

On vous dit : « Vous devez avouer vos mécomptes
Demander pardon à genoux
Reconnaître Marco que vous fîtes des contes
Et vous êtes joué de nous. »

Mais il ferme les yeux. Il revoit de quel geste
Un empereur chaque matin
Pareil au coq mongol de l'Empire Céleste
Rallumait le soleil éteint.

Incru Marco je meurs ainsi que vous mourûtes.
Qu'on me laisse vivre ma mort
M'enfermer avec moi les dernières minutes
Afin de peser mon trésor.

XXVI

DE GRÂCE ÉPARGNEZ-MOI...

De grâce épargnez-moi les éloges funèbres
De louer mes amis qui devinrent célèbres
Leur cortège m'a précédé.
Proche est le temps de suivre et qu'un autre me loue
Puisque le cornet noir encore un peu secoue
Les quatre faces de mon dé.

Qu'il se décide et jette et condamne et me range
Où tel que Poe un homme en lui-même se change
(Non dans l'ordre mallarméen)
Mais se change en un corps semblable à la mémoire
Sauf que ces corps dorés par le soleil de gloire
Ne se souviennent plus de rien.

XXVII

CHEVAL NÉ DU SANG...

Cheval né du sang de Méduse
Me prendrez-vous sur votre dos ?
Me conduirez-vous où l'on use
Des nombres en chair et en os ?

Sauvage, nourri d'immortelles,
Votre œil inspecte de côté.
Brusquement vous giflez d'une aile
Le visage de la beauté.

XXVIII

IL EST COURT LE CHEMIN...

Il est court le chemin de la flamme à la neige
Du rouge au blanc du blanc au bleu.
Si le feu brûlait ma maison, qu'emporterai-je ?
J'aimerais emporter le feu.

Drapeaux drapeaux vaincus par la débâcle interne
Vous m'encombrez de vos haillons.
Serait-ce pour vous pendre et pour vous mettre en
[berne
Drapeaux morts que nous travaillons.

XXIX

RESPECTUEUSEMENT...

Respectueusement la forme laisse vivre
Un tulpa libre ailleurs.
D'autres emprisonnés à la ruse d'un livre
Doivent des jours meilleurs.

De notre solitude il s'échappe des doubles.
Ils nous sont inconnus.
Sans leur marche alourdir de nos absurdes troubles
Ils voyagent tout nus.

Notre laideur jamais leur beauté ne dérange
Ils dépensent notre or.
Dans les chambres du monde ils entrent comme l'ange
Chez Ursule qui dort.

Ils ne s'encombrent pas d'un usage de membres
Que notre âge enlaidit
Et mes doubles sans gêne une fois dans les chambres
Disent ce que j'ai dit.

XXX

IL ARRIVE...

Il arrive en courant que ma plume se trompe
Et jouant de malheur
Ne sache s'inspirer d'insectes dont la trompe
Ne se trompe de fleur.

Je n'ose contrôler cette ombre de mes veines
En fuite par ma main
Et que puis-je changer si les mots qui me viennent
Se trompent de chemin.

Trompé toujours trompé sans voix qui me renseigne
Voilà mon triste sort.
Ainsi le veut ma nuit. C'est du sang que je saigne.
C'est de l'encre qui sort.

XXXI

BAFOUÉ...

Bafoué dans ma rectitude
Insulté par mon univers
J'ai respecté la seule étude
De tenir debout à l'envers.

D'être debout si je me couche
D'éviter vos mornes chemins.
Et ma plume imite les mouches
Lorsqu'elles se frottent les mains.

XXXII

SI LA SCIENCE...

Si la science profite
Cuirasse de tes défauts
Et croit vous parcourir vite
Ciel infesté d'aigles faux

Que jamais ne collabore
Mon âme à ces haies de houx
Me guérisse l'ellébore
Fleur qui rend sages les fous.

XXXIII

LORSQUE NOTRE ESPRIT COURT...

Lorsque notre esprit court toute vitesse est lente
Immédiatement il voyage où je veux
Plus faible de l'éclair la lueur fulgurante
Que celle dont s'embrase un système nerveux.

Rien ne t'épuisera mine de la pensée.
J'augmente ma richesse en n'appauvrissant rien.
Car sans être je pense. Aussitôt dépensée
Une fortune part et une autre me vient.

XXXIV

SOLEIL DE MES VINGT ANS...

Soleil de mes vingt ans vous offensez mes ombres
Par vos jeux indiscrets
Car d'un temple inconnu je déchiffre les nombres
Et les calculs secrets.

Du sommeil de l'amour j'avais chanté l'étude.
Son flux et son reflux
Peuplaient et dépeuplaient l'île de solitude
Où je n'habite plus.

Vers un lieu sous-marin environné de pieuvres
Dans mon sommeil parti
Mon regard de noyé observe de mes œuvres
Le navire englouti.

J'avais pour vous rêvé, navire, des voyages
Toutes voiles dehors...
Et voilà maintenant qu'algues et coquillages
Recouvrent vos trésors.

Vitesse enivrez-vous je vous cède la place
Passez votre chemin
Votre orgueilleuse gloire étant que je vous fasse
Un signe de la main.

Passez m'éclaboussant de boue et de lumière.
Je ne le ferai pas.
Je vous laisse à vos buts. Le mien c'est la manière
Dont je pose mes pas.

XXXV

À CETTE ÉPOQUE...

À cette époque de ma vie
Le monde m'était moins méchant
Il ne me portait pas envie
Je pouvais écrire *Plain-Chant*.

Mais ce soir toute plainte est vaine
Je retrouve d'une façon
Différente la même veine
Et je chante au-dessus du son.

Ma voix au silence pareille
Sous le masque en verre des vers
Ne s'adresse qu'à votre oreille
Amis du subtil univers.

J'aime contredire la honte
Du vaincu qui se croit vainqueur
Et que mon vieux fleuve remonte
Jusqu'aux sources de votre cœur.

XXXVI

IL ÉTAIT NATUREL...

Il était naturel qu'à mon secours j'allasse
Puisque vos bras furent trop courts
Puisque vos pieds restaient enracinés sur place
Lorsque j'appelais au secours.

À mon propre secours il me fallut me rendre
Me tirer des sables mouvants
Répondre à des appels que vous craignez d'entendre
Monde égoïste des vivants.

Naïf, j'étais naïf car cette glaise lourde
Où mes membres se trouvent pris
Faisant l'oreille habile à feindre d'être sourde
Évite d'entendre mes cris.

XXXVII

VOUS AVEZ CRU...

Vous avez cru pouvoir me changer de personne
Et vous m'en avez fait deux
Les autres ne croyant à rien de ce qu'on donne
Si l'offre ne sort pas d'eux.

Qu'il aille en paix mon double et bouge à votre guise
C'est le rôle des pantins
Car cet accoutrement dont un art me déguise
Avance tous feux éteints.

Caché je vis caché sous un manteau de fables
Plus tenaces que la poix
Et ne laisse jamais d'empreintes sur vos sables
Mon corps n'ayant aucun poids.

XXXVIII

J'AI QUARANTE ANS VÉCU...

J'ai quarante ans vécu dans tes molles entraves
Sournoise liberté.
Pour des chambres d'hôtel je prenais les épaves
Où j'étais emporté.

Mes amis flagellés par de froides écumes
Sont tous tombés à l'eau.
Je regarde la mer (et loin d'où nous vécûmes)
Autour de mon îlot.

Je les irai sous peu rejoindre dans les chambres
D'un Terminus-Hôtel.
Car l'espace étoilé qui simule mes membres
Risque d'être immortel.

XXXIX

EXTRÊMEMENT...

Extrêmement se perdre aux bornes de soi-même
Grâce au fil qui nous fut donné
Aboutira peu loin mais c'est le seul extrême
Permis par un monde borné.

Si dans sa propre nuit le voyageur s'enfonce
Il n'en peut atteindre le bout.
Un sphinx garde la porte et ne donne réponse
Autre que ses yeux de hibou.

XL

QUI DE MOI...

Qui de moi vous connaît monstre d'un labyrinthe
En mon corps fermé contenu
Et n'est-il pas normal que j'aborde avec crainte
Cet itinéraire inconnu.

Chaque pas que je risque en ma propre personne
Me révèle d'autres détours.
Quelquefois le courage en route m'abandonne
Et quelquefois j'ose et je cours.

Mon cœur bat la chamade à l'angle d'une rue.
Où conduisent ces souterrains ?
Et ne mourrais-je pas de la forme apparue
Que je désire et que je crains.

XLI

VOUS AVEZ DÉCIDÉ...

Vous avez décidé qu'elle était mon affiche.
Qu'une main de colère un jour l'affiche arrache
Et gifle votre face avec.

Ce jour-là quelque chose un peu tenant de l'aigle
Descendra pour me prendre à votre monde aveugle
Et m'enlèvera dans son bec.

Ce n'est pas sur un pic des neiges de l'Olympe
Que me déposera cet aigle qui vous trompe
C'est au même endroit qu'il m'a pris.

Seulement je verrai sans être vu l'affiche
Voler flotter claquer plaquer sur votre bouche
Cet étendard de mon mépris.

XLII

MA SEULE PRÉSENCE...

Ma seule présence était un scandale
Monde scandaleux.
Mon chemin direct ouvrait un dédale
Où se perdre mieux.

Mon parcours n'a pas de fil d'Ariane.
Même l'aurait-il
Que le sort aveugle armé d'une canne
Casserait ce fil.

Tortueux est mon labyrinthe d'arches
Et je connais l'art
De vous ramener en de longues marches
Au point de départ.

XLIII

DANS LE CŒUR...

Dans le cœur de quelques amis
J'ai su me bâtir un refuge
Sous sa robe rouge de juge
Le monde ne m'a pas admis.

Astre double de ma naissance
Vous mêlez mon âme à ma chair
Et vous me fîtes payer cher
Le crime de mon innocence.

XLIV

JEUNESSE VOUS JOUEZ...

Jeunesse vous jouez du drame un épisode.
Lorsque défleurira votre rire fleuri
On vous fera grief d'une défunte mode
Et l'on rira de vous comme vous avez ri.

Que votre cerisier regorge de cerises
Mon arbre mort n'est pas de votre arbre envieux.
J'ai perdu les beautés qui vont vous être prises
Et j'intrigue le bal avec un masque vieux.

XLV

JE PENSE QUE JE PENSE...

Je pense que je pense et d'y penser je suis
Et ne suis parce que je pense
Et ce triste savoir embrouille ma science
Ajoute une nuit à mes nuits.

Que ne suis-je sans être et sans une mémoire
Mêlant le demain et l'hier
Et qui déroule en moi cette mouvante moire
Dangereuse comme la mer.

Mieux me va le sommeil et son vague mélange
Où je ne me charge de rien
Et son théâtre obscur dont la pièce me change
En un moi qui n'est plus le mien.

XLVI

LE SOMMEIL ET LA MORT...

Le sommeil et la mort sont mes thèmes fameux
L'un sans doute à l'autre ressemble
Et parfois on dirait qu'ils s'entendent entre eux
Pour que la mesure soit comble.

Chacun à sa façon nous sculpte ce portrait
Où s'arrête notre bourrasque.
Soyez prudent beau couple on vous reconnaîtrait
Si vous n'aviez pas un seul masque.

XLVII

QUE NE SUIS-JE...

Que ne suis-je un de cette Égypte
Où mourir était voyager ?
Où tu croirais que dans leur crypte
Les morts savent boire et manger.

Tu n'aurais aucune tristesse
Des lieux qui m'éloignent d'ici.
Tu te dirais simplement : « Est-ce
Que son voyage a réussi ? »

Tu pourrais admirer ma feinte
D'imiter un homme qui dort
Et poser tes lèvres sans crainte
Sur mes gants et mon casque d'or.

XLVIII

ENROULÉ DANS TON BRAS...

Enroulé dans ton bras tu te gavais de songe
Et j'avais peur de ce sommeil
Et voilà que la mort dans un sommeil t'allonge
Où n'existe plus de réveil.

Ton réveil souriait et me rassurait vite
Une charmante crampe emplissait ton bras nu
Mais de l'autre sommeil que ta figure habite
Aucun être n'est revenu.

Lorsque je te veillais j'avais toujours envie
De déplier ton bras pour te tirer dehors.
Mais cette fois plus rien ne t'attache à la vie
Car la mort seulement intéresse les morts.

XLIX

TU SEMBLES PARTI...

Tu sembles parti mais tu restes
Dans un invisible univers
Dans cet autre endroit dont les gestes
Ne peuvent se lire à l'envers.

Notre demeure non pareille
Nous assigne les mêmes lieux.
Sourdes pour toi sont mes oreilles
Aveugles pour moi sont tes yeux.

L

LIVRE UNE ÂME...

Livre une âme innocente au rêve réaliste
Meurs ici d'une fausse mort
Il faudra que j'apprenne à ne plus être triste
Dès que ton visage s'endort.

Je le connais ce lac dont la menteuse rive
Singe ta forme sur ton lit
Et dans lequel bien que notre enfance revive
Se jette le fleuve d'oubli.

Son eau de notre étoffe échevèle la trame.
Et ses fils se nouent autrement
Mais l'espoir qui me reste est que la peur du drame
Te chasse dans mon élément.

D'où viens-tu d'où sors-tu et que viens-tu d'entendre ?
Que regardaient tes yeux ouverts ?
Et qui sait si ce monde où je veille à t'attendre
Est plus sûr que l'autre univers.

LI

D'ÉVEILLER EN SURSAUT...

D'éveiller en sursaut ma main jalouse hésite
Car si je crains sommeil ton visage inconnu
Abolir une rive à mes yeux interdite
Offense dans un corps son double revenu.

Et de quel droit debout près des formes couchées
Les irai-je remettre en un monde trompeur ?
Et de quel droit vouloir ces formes arrachées
À ce règne secret dont notre amour a peur ?

Vers la petite mort si le sommeil t'emporte
Voudrais-je comme Orphée une route obtenir
Et ramener chez elle une vivante morte
Sans craindre le dégoût de désensevelir.

LII

J'AI CHANTÉ LE SOMMEIL...

J'ai chanté le sommeil, c'est la mort que je chante
    L'âge m'ouvre les yeux.
Je ne suis plus victime hélas de l'alléchante
    Imposture des dieux.

Croyant plus long qu'il n'est le fil de ma pelote
    J'ai prodigué ma nuit
J'ai de l'ogre chaussé les détestables bottes
    Qui ramènent à lui.

Que me vaut de sauter barrière sur barrière
    D'aller comme le vent
Puisqu'après avoir cru laisser l'ogre en arrière
    On le trouve devant.

LIII

QUELQUEFOIS, TEMPS CRUEL...

Quelquefois temps cruel ta machine tu montres.
Notre poignet rongé par l'insecte des montres
Enlace loin de nous ses veines d'un bleu clair
Fleuves d'une patrie insensible à nos craintes
Et sous la peau menteuse où leurs courbes sont peintes
Mêlant une encre rouge au sel de l'eau de mer.

Le sang ne cherche pas à comprendre sa course
Son destin est de fuir pour rejoindre sa source
Il m'effraye et mon pouls avec ma montre bat.
Je n'ose regarder vivre ni l'un ni l'autre...
Alors en vous sommeil lâchement je me vautre
Votre balai j'enfourche et je vole au sabbat.

LIV

J'AI DANS UN TRAIN...

J'ai dans un train vécu qui roule et me secoue
De tunnel en tunnel
Une blanche guipure imprimait sur ma joue
Une nappe d'autel.

D'autel d'hôtel d'adieu. Ma croyance enfantine
À mon réveil s'endort.
Un scarabée agrafe au cœur de l'églantine
Ses quatre griffes d'or.

Tout cela dans un train où notre sang s'exalte
Sur quelque rythme obscur
Oubliant qu'il s'essouffle et siffle vers la halte
En face d'un vieux mur.

Ce mur je le connais où les couples inscrivent
Leurs noms entrelacés.
Et l'amour les fusille afin que leurs noms vivent
Au mur des trépassés.

Je les connais ces murs et ces livres de chasse
Ouverts au bon endroit.
Mais un feu volatil ne laisse aucune trace
Dans les veines d'un roi.

Une humeur d'alchimiste enluminait la page
Elle embrassait le sang.
Elle empêchait d'entendre au terme du voyage :
Tout le monde descend.

Le train fou ne lit pas il saute les chapitres.
Debout dans le couloir
Je regarde passer le front contre les vitres
Le cortège du soir.

Voyageur ébranlé par de sombres musiques
As-tu fait ce que tu voulus ?
N'as-tu pas imité les fils télégraphiques
Et leur danse pour les talus.

Peux-tu répondre non ? J'en doute fort j'en doute
Fort. As-tu respecté ton toit
Au lieu d'éparpiller sur les mauves routes
Ce que tu croyais être toi.

Des autres voyageurs la troupe est déjà morte
Déjà morte d'ennui.
Feins sans en avoir l'air de te tromper de porte
Et saute dans la nuit.

LV

CONTINENTS ORGUEILLEUX...

Continents orgueilleux vous êtes les épaves
D'un univers qui fut.
Et mainte ville, mer, dans vos profondes caves
Pourrit comme un vieux fût.

L'Atlantide Ys et Ur les amis que nous eûmes
Où ce trésor est-il ?
Et la bibliothèque aux cent mille volumes
Qui flamba sur le gril.

Vous voilà prévenue incorrigible Europe
Vieux monde stupéfait
Parce qu'un jour Ithaque imitant Pénélope
Défait ce qu'elle a fait.

Tout retourne au sous-sol où je l'irai rejoindre
Puisse votre bonté
Ô mort avec les mains d'une embaumeuse m'oindre
D'insensibilité.

Épargnez-moi de croire à ces images feintes
Qui veulent embellir
Qui veulent embellir les bandelettes, peintes
Pour nous ensevelir.

LVI

ON SORT ET ON ENTRE...

On sort et on entre
On entre et on sort
On change de ventre
C'est là notre sort.

Maternelle terre
Ventre maternel
Ô double lumière
De notre tunnel.

De ventre je change
L'un l'autre m'aimant
Le dernier nous mange
Maternellement.

D'une nuit en route
Vers une autre nuit
La joyeuse voûte
Trompe notre ennui.

Trop de solitude
Ne m'a pas ôté
Ma vieille habitude
De l'éternité.

LVII

COMME CONTE À DIDON...

Comme conte à Didon Énée
Son voyage, si je contais
Le mien il faudrait une année.
S'endorme Didon, je me tais.

La mort qui savamment nous tue
Avec ses différentes armes
Aime nous changer en statue
De neige de sel et de larmes.

Si je me retourne en arrière
Cela risque de m'arriver
Mon ombre marche la première
Et ne saurait me retrouver.

Je dois jusques au bout la suivre
Mon soleil descendu l'allonge
Il faut que cette ombre pour vivre
Me fasse croire à son mensonge.

De plus en plus lourds mes fardeaux
De moins en moins fortes mes jambes
Et reconstruites dans mon dos
Les villes du passé qui flambent.

LVIII

RIEN NE CESSE...

Rien ne cesse rien n'est les morts ne sont pas morts
Les vivants s'imaginent vivre
Un acte continue où l'on ne peut le suivre
Rien n'est dedans rien n'est dehors.

Rien ne pèse tout pèse et notre marche lourde
Est légère dans le sommeil.
Aveugles sont nos yeux et nos oreilles sourdes
Dans un monde au rêve pareil.

D'autres formes sont là que jadis accumule
Avec celles du lendemain
Et ce que notre temps par un mensonge annule
Reste dans son avare main.

Tout combine un seul bloc que le temps nous débite
Peu à peu morceau par morceau.
Le bâton se brise dans l'eau
Et l'immobilité se vante d'aller vite.

Or parfois dans le rêve ou par quelque ressort
Qui l'étrange machine embrouille
L'invisibilité de sa cachette sort
Comme la Vénus d'une fouille.

LIX

PENDANT QUE JE SUIS...

Pendant que je suis sur la terre
Le silence m'est parfois doux.
   Lorsque je serai dessous
   Je ne pourrai plus me taire.

   Alors sautez moi dessus
   Mes poèmes pareils aux merles
Qui sautent à pieds joints et parlent.
Ainsi vous serez bien reçus.

LX

QUEL EST CET ÉTRANGER...
(Portrait de Paul Éluard sur son lit de mort.)

Quel est cet étranger de marbre
Sur un drap de lit étendu
Et son lit serait-il un arbre
Car il a des pieds de pendu.

Il n'entrait pas dans ta magie
Cette ruse de t'en aller
En te hâtant de modeler
Une redoutable effigie.

Autant que le masque de fer
Ta figure de cire intrigue
Ton corps est une lourde digue
Où vient s'agenouiller la mer.

Toute cette chambre rappelle
La mise en œuvre d'un obscur
Travail et l'ombre d'une échelle
Contre le fantôme d'un mur.

La voleuse en a fait usage
Mais si le vol se découvrait
Elle te sculpte un faux visage
Avant de fuir avec le vrai.

La mort jalouse ceux qui vivent
Et connaissant par quels chemins
Tu nous rafraîchissais d'eaux vives
Elle a même volé tes mains.

LXI

AUJOURD'HUI...

Aujourd'hui, c'est demain et hier qui s'épousent
Demain c'est hier jeune et hier demain vieux
Implacable travail de trois Parques, jalouses
D'un secret emmêlant les dates et les lieux.

Leur tâche à notre sort les laisse indifférentes
Car on n'en peut rien voir sur l'envers du tissu.
Elles travaillent vite et nous paraissent lentes
Et ce que nous cachons s'y brode à notre insu.

LXII

LORSQUE JE SERAI MORT...

Lorsque je serai mort je vivrai d'acte en acte
Ma défunte vie à tâtons
Dans cette obscurité de science inexacte
Que veulent fouiller nos bâtons.

Je vous verrai chercher à surprendre par ruse
Le monde où je loge en secret
Cherchant moi-même à fuir cette zone confuse
Sans rien savoir de ce qu'elle est.

Si dans ce monde-là je découvre une porte
Ouverte sur le monde humain
Vous aurez peur de voir une personne morte
Et je rebrousserai chemin.

LXIII

PLUS QUE LA CHAIR...

Plus que la chair encore une âme dévêtue
Attente à la pudeur. Un poète la doit
D'une robe vêtir pour que nul dans la rue
Ne la montre du doigt.

L'invisibilité que protège ma ligne
M'enseigne son secret et la sache mettre où
Cache la blanche sienne indolemment le cygne
Dont l'eau coupe le cou.

Faites à mon langage un si humble costume
Que chacun s'en détourne et le laisse courir
Et qu'avant d'épouser la mort je m'accoutume
À faire semblant de mourir.

LXIV

MORT BELLE
COMME VOUS L'ÊTES...

Mort belle comme vous l'êtes
Méritez-vous cette tare
D'une figure de guitare
Sur une taille de squelette

Comment vous montrent-ils sans nez
Vous dont le nez de chien de chasse
    Flaire la trace
    Des nouveau-nés

    Toutes ces fentes
    Me déplaisent
    Jeune infante
    De Vélasquez

    Ouvrières blondes
    Savantes sœurs
    Connaissant des fleurs
    La longueur d'ondes

Victime des œuvres d'art
Je vous vois semblable à elles
    Avec un dard
    Et des ailes

LXV

GITANS...

Gitans qui d'un centaure êtes la descendance
Ruant avec vos noirs sabots
Et piétinant sur les tombeaux
Pour d'un mort obtenir qu'il se lève et qu'il danse

Saurai-je par le verbe imiter vos talons
Saurai-je par le verbe atteindre ce scandale
Ou n'y parvenant pas saurai-je sous ma dalle
Entendre trépigner leurs jeunes étalons ?

Sentirai-je le vent gitanes de vos robes ?
Le vol de leurs volants à pois
Me sortirait-il de la poix
Où sont englués ceux terre que tu dérobes.

LXVI

VERSAILLES UN BOUGEOIR...

Versailles un bougeoir guidait ta promenade.
Par quelle ombre allaient-ils, par quels chemins
[bourbeux
Ces grands rois fainéants sur leur lit de parade
Où la mort attelait ses bœufs ?

Princes, les menuets qui pompeusement bougent
Les dansez-vous alors
Alors les dansez-vous avec vos talons rouges
Au royaume des morts ?

Au royaume des morts est-ce qu'on vous éduque
D'un tout autre côté
Ou bien danserez-vous sous vos lourdes perruques
Pendant l'éternité ?

LXVII

LA MORT N'AGIT PAS ELLE-MÊME

La mort n'agit pas elle-même
Elle a partout des spadassins
Des bourreaux et des assassins
Pour s'approprier ce qu'elle aime
La mort n'agit pas elle-même
Elle a partout des spadassins.

La mort donne assise ses ordres
Chacun a la sienne chez soi
Près de mon lit elle s'assoit
Charmante douce prête à mordre
La mort donne assise ses ordres
Chacun a la sienne chez soi.

Pour prendre ses morts et ses mortes
La mort a des milliers de mains
Dans les maisons sur les chemins
Par les fenêtres par les portes
Pour prendre ses morts et ses mortes
La mort a des milliers de mains.

C'est pourquoi je n'ai pas peur d'elle
Puisqu'elle est autre qu'elle n'est

Puisque son célèbre portrait
Ne ressemble pas au modèle
C’est pourquoi je n’ai pas peur d’elle
Puisqu’elle est autre qu’elle n’est.

LXVIII

DU SANG...

Du sang l'effroyable arbuste
Épouvante mes oiseaux
C'était chose promise aux
Exigences de mon buste.

Si mon buste avait des jambes
Il les prendrait à son cou
Et se sauverait jusqu'où
Nous ne serions plus ensemble.

(Mais la mort qui nous embauche
Est ensuite fort adroite
À mettre de gauche à droite
Ce qui fut de droite à gauche.)

Il n'est pas dans ses forêts
Un arbre qui ne nous mente
Et son art désoriente
Ceux qui nous y chercheraient.

Jamais rien ne se découvre
Des intrigues qu'elle ourdit
Et elle entrait dans le Louvre
Comme Malherbe l'a dit.

LXIX

VOUS QUI N'AVEZ CONNU...

Vous qui n'avez connu les douleurs ni les joies
De mes quatre saisons
Puissent mes mots sortir de mon cheval de Troie
Et brûler vos maisons.

Soit maudit le figuier qui refuse des figues
Pour apaiser ma faim
Me délivre la mort de ce monde d'intrigues
Et que je vive enfin.

LXX

ADIEU FAUX PARADIS...

Adieu faux paradis éternel palimpseste
Désordre sans amour.
Adieu la solitude où je menais ma geste
Dans un univers sourd.

J'ai cru jeune pouvoir me mêler à vos rondes
Et bien je me trompais.
Hommes ce n'est pas vous c'est l'écorce du monde
Qui refuse la paix.

À ses obscurs desseins ce monde vous emploie.
Son art vous change en loups
Mais la plupart du temps pour détruire vos joies
Il se passe de vous.

Car la mer n'est pas longue à dévorer des îles
À flageller le deuil
À désorganiser les merveilles fragiles
Qui firent votre orgueil.

L'âge est mort pauvre Grèce où naquit du silence
Un illustre cheval

Quand Pallas Athéné penchait contre sa lance
Son profil de métal.

Dans la pourpre des mers Grèce il vous faut descendre
Et faire vos adieux
Et sous un ciel aveugle ajouter votre cendre
À la cendre des dieux.

S'il est une eau d'oubli je veux qu'on m'en avise
Est-il une eau d'oubli ?
Mort qui dès ma naissance êtes toujours assise
Au chevet de mon lit.

Lorsque pèse trop lourd la charge que je porte
Sur la pente du soir
Celle qui n'a besoin d'ouvrir aucune porte
Entre chez moi s'asseoir.

Cette terre après tout n'était pas ma patrie
Mes papiers sont des faux.
Qui parle de squelette à la face pourrie
De suaire et de faux ?

Belle et douce voilà cette mort qui me soigne
Et sa main dans ma main
Me dit : Ne bouge pas car celui que j'éloigne
Me rencontre en chemin.

Douce et haute attentive aux ressorts de son piège
Pour me prendre vivant.
Je l'interroge : Mort, après où donc irai-je ?
– Où vous étiez avant.

Avant après ces mots n'ont pas de sens pour elle.
Mon imbécillité
Vous oblige à les dire ô ma douce ô ma belle
Dame d'éternité.

Soit que je me repose ou que je me promène
Votre contact m'est cher
J'aime à vous procurer une figure humaine
Un costume de chair.

J'aime votre splendeur mal peinte et mal dépeinte
Sous le nom de trépas
Ô vous qui faussement décrite par la crainte
Êtes et n'êtes pas.

LXXI

LE TEMPS JAMAIS NE CHANGE...

1

Le temps jamais ne change
Ses linges dégoûtants.
Quel horrible mélange
Font l'espace et le temps.

Ce qui nous quitte reste
Contre toute raison
Et notre moindre geste
Encombre la maison.

Haut et bas gauche et droite
Avenirs et passés
Sont dans la même boîte
L'un sur l'autre entassés.

2

Du temps je connais les mensonges
Et je les ignore à la fois
C'est seulement dans l'eau du songe
Qu'il désorganise ses lois.

Il ne gomme pas ce qu'il gomme
Son moindre texte reste écrit
Jamais ne se termine un homme
Et jamais ne se calme un cri.

Temps j'aimerais te prendre en faute
Vaincre tes ruses visiter
Ton faux avenir côte à côte
Avec ta fausse antiquité.

LXXII

MON CORPS...

Mon corps est une astrologie
Un pâle et nocturne troupeau.
Astres vous n'êtes qu'une peau
Monstrueusement élargie.

Ciel qui fourmillez de terres
N'êtes-vous pas contenu
Dans le corps d'un inconnu
Dont nous sommes tributaires.

Ce corps qui nous contient ne connaît pas les nôtres.
Qui nous habite est habité.
Et ces corps les uns dans les autres
Sont le corps de l'éternité.

LXXIII

RIEN NE SERT À RIEN...

Rien ne sert à rien mais il faut le faire
Et sans être là je suis où je suis
Préférer je dois ce que je préfère
M'ennuyer je dois d'avoir des ennuis.

Je dois voir le temps plier sa seconde
Pour l'autre seconde après déplier
Et le sable emplir de sa fuite blonde
L'inverse cristal de mon sablier.

LXXIV

M'ENTRENT PAR UNE OREILLE...

M'entrent par une oreille et me sortent par l'autre
Vos actualités.
Vos progrès vont trop vite en besogne. Les nôtres
Vont de lenteur bottés.

Il me faut puits sans fond raidir tes cordes molles
Retirer de tes seaux
Nos vérités dormant à l'ombre des idoles
Qui gisent en morceaux.

Plus le progrès avance et plus l'âme recule
Recule jusqu'au jour
Où ceux qui trouveront notre temps ridicule
Feront rire à leur tour.

LXXV

LES VOLEURS D'UN RAISIN...

Les voleurs d'un raisin qu'on réservait au moût
Crachaient contre le mur des peaux accusatrices
On pressentait un crime et de vieilles actrices
Ces peaux vertes tendaient sur leurs visages mous.

La terre aussi masquait son visage d'ogresse
On y voyait les gens se dévorer entre eux
La mer ensevelir les archipels de Grèce
Des enfants se noyer sous l'œil des amoureux.

La beauté se cachait par crainte d'être laide
La presse déroulait un fleuve d'irrespects
La radio vidait son réservoir d'eau tiède
Et la peur imitait la paix.

De charmants garnements pendaient leurs camarades
La vitesse broyait ses jouets enfantins
Et la gloire d'un jour encombrait les estrades
Et la lueur des nuits venait d'astres éteints.

LXXVI

JEUNES GENS...

Jeunes gens qui savez l'époque mal aidante
Et rétive à donner
J'aime celle où Virgile appuyé sur le Dante
Interroge un damné.

L'un de rouge coiffé l'autre de feuilles vertes
Étonnent ce martyr
Car on a derrière eux laissé la porte ouverte
Et ils peuvent sortir.

Je vous offre ma main mon bras et mon épaule
Peu vous les ont offerts.
Votre rôle consiste à m'oublier, mon rôle
À vous suivre aux enfers.

Proches sont nos enfers sous forme d'une rue
Et les morts que j'y vois
Pour se croire vivants couvrent de leur cohue
L'appel de votre voix.

Je ne l'ignore pas ce que votre orgueil cache
Qu'il est beau d'être laid

Et de quels prés fleuris une éternelle vache
Empoisonne son lait.

Votre délire oppose un refus au délire.
Vous pensez qu'il vaut mieux
Un fleuve d'encre ôtant le courage de lire
Rendre aveugles vos yeux.

Essayons d'imiter ce Dante et ce Virgile
De composer un chant
D'ajouter un silence aux cris de notre ville
Qui meurt en accouchant.

La route est longue au bout de laquelle on est jeune.
Ne s'y perdre est un art.
Creux votre ventre un jour regrettera son jeûne
Mais il sera trop tard.

Il n'est pas au destin de réponse plus laide
Que la chute d'un dé.
L'ombre exige un échange et le Dante qui l'aide
Fut par Virgile aidé.

LXXVII

QUE JAMAIS...

Jamais ma face n'essuie

Luxe, car mon seul honneur
Est d'appuyer à ta suie
L'échelle du ramoneur.

Quel masque noir porterais-je
S'il ne me venait de toi ?
Je change la suie en neige
Et me sauve par le toit

LXXVIII

VOUS DONT SI BIEN LA TERRE...

Vous dont si bien la terre épouse les semelles
Oisifs je vous admire.
Votre accablant travail en soi-même se mire
Et vos frivolités se dévorent entre elles.

Du crime d'être là rien ne vous rend complices
Votre but n'est que d'être.
Et pour vous amuser le sort à nos supplices
Vous réserve toujours sa meilleure fenêtre.

LXXIX

IRAI-JE EN VOUS CACHÉ...

Irai-je en vous caché cortège des hasards
Surprendre les secrets de la très sainte ville
Où séculairement le plus haut campanile
Ne manœuvre jamais les mêmes jaquemarts.

Tandis que le chemin derrière moi s'allonge
Ma maison se repeuple et sa porte grandit.
Une insensible mer rouille ce que j'ai dit
Gonfle pour l'avenir sa mémoire d'éponge.

Monde je les connais vos sourires retors
Et vos pièges à loups mais je m'armerai contre.
Semblable je veux être à ces bracelets-montre
Simulant une vie au bras des soldats morts.

LXXX

AMOUR AVEC QUELS DOIGTS...

Amour avec quels doigts tresser votre couronne
Puisque nous n'avons que dix doigts
Il vous plaît qu'on se taise et pourtant je vous donne
La louange que je vous dois.

J'ai vécu de vos feux et de votre indolence
Vous me fîtes aveugle et sourd
Mais c'est ce qu'il fallait, amour, car le silence
Est le seul poème d'amour.

Votre police plus que la nôtre s'indigne
D'un délit contre la pudeur
Et nous oblige à mettre une feuille de vigne
Sur le sexe de notre cœur.

LXXXI

BEAUX AMANTS...

Beaux amants enlacez vos prénoms dans le sable
Gravez-les dans l'écorce et le plâtre des murs
Témoignez beaux amants de cet intarissable
Source chaude en chemin vers les couples futurs.

Par un marbre d'orgueil les rois qui s'éternisent
Vous offrent le prétexte à vous éterniser
Si votre encre pâlit et les marbres se brisent
Il nous en restera la tache d'un baiser.

Enlacez vos prénoms comme firent vos membres
Inscrivez n'importe où la gloire du moment
Et que le solitaire au papier de vos chambres
Déchiffre la fureur de votre enlacement.

LXXXII

JARDINS...

Jardins tendres jardins du meurtre et de l'inceste
Vous cachez votre jeu sous l'immobilité.
Sournoisement de vous rampe le moindre geste
Et le soleil y va de sa complicité.

La terre envenimant de haineuses racines
Mille parfums voilant des sexes ingénus
Mille couleurs masquant des armes assassines
Un Éros ténébreux peuple vos membres nus.

LXXXIII

ÉCHANGES...

Échanges des pollens des regards et des ondes
Espions indiscrets
Odeurs des noirs taillis parfums des touffes blondes
Et des linges secrets

Vous courez plus actifs que la semence ailée
Que le fer sur l'aimant
Car l'amour au hasard et à toute volée
Vous sème étourdiment.

Notre code a ses lois, la nature les siennes
Qui me dictent ces vers.
Par l'Amour secoué l'arbre lâche ses graines
À tort et à travers.

LXXXIV

CHÈRE BEAUTÉ...

Chère beauté jeune spectre
Mêlant l'ivresse à l'ennui
Cinq anges s'élancent du sceptre
Cinq anges volent dans ta nuit.

Lorsque lasse tu retombes
Sur le linceul de tes draps
Saigne la gorge des colombes
Et le sceptre écourte son bras.

Indifférente au massacre
Le sommeil où tu descends
Déjà songe à changer le sacre
En massacre des innocents.

LXXXV

SI N'ÉTAIT QUELQUE BRANCHE...

Si n'était quelque branche une excuse de l'acte
L'arbre n'aurait jamais osé montrer le poing
Jamais n'aurait osé ce fruit pourpre ce point
Final cette brûlante cire en haut du pacte.

Jamais l'arbre n'aurait osé prendre sur lui
L'obscur canal plongeant de ce fruit à ses sèves
N'aurait osé jamais l'insolence d'un fruit
Borgne dirigé vers la broussaille des lèvres.

Dans ce jardin d'Éden où tout autre fruit pend
Pourquoi brandirait-il sa pourpre presque bleue
S'il ne puisait sa rage aux boucles d'un serpent
Dont la tête sournoise interroge la queue.

LXXXVI

BRANCHE...

Branche dont un champignon
    Pourpre la cime orne
Tu changes l'homme de nom
    Le voilà licorne.

Vers ces hommes licornes
    Une vierge est prompte.
Les lits où nos corps sont nés
    N'en eurent pas honte.

LXXXVII

SI L'HUMAINE BEAUTÉ...

Si l'humaine beauté d'excès outre son rôle
Son innocent génie apprivoise la peur.
L'écusson d'un genou l'armure d'une épaule
Savent une carcasse orner d'un cuir trompeur.

Avec ce double effroi lorsque notre art en use
Marche le choc brutal d'un visage ou d'un corps
Car Persée invisible est moins beau que Méduse
Lorsque du chef coupé le regard vit encor.

Vivante et loin du corps en sa tête qui tue
L'âme de la Gorgone aspire à se venger
Cherche à ce que se montre en devenant statue
L'invisible assassin oublieux du danger.

Insolente beauté dont l'arme nous défie
Tu rêves en secret de durcir notre chair.
Un peu de nous déjà ton regard pétrifie
Mais que le reste suive il nous en coûte cher.

LXXXVIII

AMOUR SI SOUCIEUX...

Amour si soucieux de feindre la démence
Avec le temps menteur je connais tes accords.
Tu tires sans viser tes flèches de semence
Dans la cible du corps.

Sans cesse une victime est mise neuve au moule
Sur les yeux exaltés tu fixes tes bandeaux
Tu lèves sur le monde une amoureuse houle
Un océan de dos.

Du sommeil un poison imite les délices
Ta flèche en est enduite et ton regard aussi
Non seulement il faut endurer tes supplices
Mais te dire merci.

Ton pacte avec la mort sous la forme d'un charme
Déguise ta fureur
Et ton but en bandant et rebandant ton arme
N'est pas toujours le cœur.

LXXXIX

VOTRE ARME, ÉROS...

Votre arme Éros n'est pas celle qui me gouverne
Autour des cœurs une autre embobine son fil.
Par les yeux l'amitié livre sa forme interne
Elle n'est pas soumise au piège d'un profil.

Votre désordre Éros ne peut me prendre en faute
Vos sirènes en vain épuisent leurs concerts.
Reprochez d'être verte à ma grappe trop haute
Vous n'êtes pas le chef du parti que je sers.

XC

GRANDES ORGUES...

Grandes orgues du cœur quelle est votre machine ?
Pourquoi vos couples furieux
Forment-ils un dragon de Chine
Un archange constellé d'yeux ?

D'où vient dans ce désordre une musique sainte
Un souffle insensible aux combats ?
Et pourquoi cette longue plainte
Si haute montant de si bas.

XCI

J'AI TROP AIMÉ...

J'ai trop aimé, j'ai trop souffert
Trop perdu ce qui m'était cher
Je n'en peux plus respirer l'air
Et j'habite au fond d'une mer
Une mer faite de mes larmes
Où silences sont les vacarmes
Où pourrissent de vieilles armes
Et dont l'amertume a ses charmes.

XCII

MES OREILLES SOURDES...

Mes oreilles sourdes
Au monde léger
Sortent des eaux lourdes
Où j'aimais nager.

Cette mer empêche
De tendre un filet
D'emporter sa pêche
Et d'être où l'on est.

Lorsque je déplonge
Je sais où je suis
Songes songes songes
Poissons de ma nuit.

DIVERS

LA JEUNE FEMME

Que voulez-vous que j'y fasse
Comment cela se fait-il
La jeune femme est de face
Alors qu'elle est de profil

Comment cela se fait-il
Elle n'a qu'un œil de face
Elle en a deux de profil
Que voulez-vous que j'y fasse

Que voulez-vous que j'y fasse
Comment cela se fait-il
Sa figure est une glace
Qui reflète son profil.

CHAMBRE

D’un fauteuil la main dolente
Sommeille sur le genou
Et une jambe à la plante
Paresseusement se noue.

C’est l’heure de la sieste
La chambre rentre ses ongles
Moi seul éveillé je reste
Dans l’épouvantable jungle.

Dorment des hanches des bras
Des épaules pêle-mêle
Et même une ébauche d’aile
Sur le désordre des draps.

JE DORS

Des sentinelles sous les armes
Surveillent mes membres épars.
Fortifié de toutes parts
Je dors noyé sous l'eau des larmes.

Dormeurs échappant aux polices
Dormeurs libres du poids des corps
Vous flottez entre les décors
De vos dangereuses coulisses.

À FORCE DE RIRE

Une averse de baïonnettes
Monte du sol vers le ciel
Et du ciel coulent d'honnêtes
Initiales de miel.

La douceur qui me renverse
À force de rire s'assied.
Elle regarde cette averse
Inverse de miel et d'acier.

LESSIVE

Elle va derrière le linge
Lorsque son ombre va devant.
Si son ombre de côté change
Elle s'écourte elle s'allonge
Elle met la jupe du vent.

LAC DES SIGNES

Se baignent à l'envers sur des hautes échasses
De chair fraîche des naïades ayant des corps
Hachés d'ombres l'oreille en pointe vers les chasses
Lointaines dont l'automne agrémente les cors.

Sur l'eau plate posés se recoiffent les bustes
De ces baigneuses sans jambes filles ou sœurs
D'un monstre gracieux des cavernes lacustres
Ennemi de la horde rouge des chasseurs.

Septembre d'or léger récompense l'émeute
Peignes d'écaille et chevelures brandissant
À bout de bras l'oreille en pointe vers la meute
Des chasseurs à travers les cors crachant le sang.

TÊTE D'HOMME

Il égorgeait les coqs des fermes
Volait sa béquille à l'infirme
Le beau navigateur des larmes.

SALAMANDRE

Flammes vous léchez l'ombre et l'ombre aussi vous
[lèche

Et de vos langues précises
Vous léchez les femmes assises
Échangeant des profils des éclairs et des mèches
Pareilles à la flamme à des linges qui sèchent
À ces larmes en feu qui coulent des bobèches.
Salamandre née
D'une cheminée.

MYCÈNES

Rien n'est du crime d'Oreste
Vu sauf près d'une piscine.
À Mycènes l'acte reste
Par lequel il assassine.

De cette étonnante scène
S'acharne un tableau vivant.
Nous le vîmes à Mycènes
Après je veux dire avant.

Il suffit que je respire
À côté de ce bassin
Pour que je conduise au pire
Un immobile assassin.

Le temps fige à l'improviste
Ressuscités de leur nom
Clytemnestre avec Égiste
Électre et Agamemnon.

Que cette image se meuve
Dans un miroir éternel
Voilà Clytemnestre veuve
Voilà son fils criminel.

TROIS FOIS HÉLAS

Merveilleux mauvais goût, comédiens illustres
Vos trônes vos divans vos retables vos lustres
        Vos gestes vos voix d'or
Où sont-ils ? Où sont-ils tombés ? Dans quelle trappe
D'un théâtre royal dont le rideau se drape
        Comme un toréador.

Vous rentriez chez vous continuer vos rôles
Portant un poids léger sur vos larges épaules
        Princes du mauvais goût.
Vos divans où sont-ils, vos lustres vos retables
La pénombre où vos mains faisaient tourner les tables
        Et mes livres sont où ?

Où leur naïveté leurs ailes de Chimère ?
Lupin Rouletabille et ce héros d'Homère
        À deux sous : Fantomas.
Où ma jeunesse quand j'aimais être malade
Pour lire Fantomas votre absurde Iliade...
        Hélas trois fois hélas.

HISTOIRE SAINTE

Voici que ce qu'il crut être un bouleau bougeait
Simulait un debout qui ses poings laisse pendre
Un qui crierait mon droit ose venir le prendre
Prends ma lèpre de lune et mes plumes de geai.

Riait sans rire immobile (de forme humaine
Confusément) cette armure de quelque preux
Cette dalle debout cet athlète lépreux
Ce faux arbre vers quoi la peur Jacob te mène.

D'avalanche il n'est pas roulant neiges et blocs
De pire que soudain cette froide avalanche
Jusqu'à ce genou dur qui déboîte la hanche
Ce ring abandonné par un combat de coqs.

Épouses préparez des baumes des éponges
Des linges que tirer d'un silence têtu
Avec cet air (mon Dieu d'où sort-il d'où sors-tu)
D'ivrogne à l'Éternel relié par des songes.

LE BOURREAU CHINOIS

Bouche à bouche le couple était noué de telle
Sorte qu'ils n'eurent qu'à pénétrer dans la chambre
Et dans l'alcôve borgne où le linge d'hôtel
Mêlait à ne s'y plus reconnaître les membres.

Crime d'amour peut-être adorable chef-d'œuvre
Cerveaux emboîtés dans leur coquille de noix
Labyrinthe où le minotaure est une pieuvre
De corridors construits par un bourreau chinois.

RENOUVEAU

Montre-nous ton or à l'orée
Sévérité de la sève
Et la branche qu'elle soulève
En deviendra décorée.

Tout se fane, la colophane
Elle-même le long des cordes
Se change en poudre et se fane
À moins que l'archet n'y morde.

Ou que le pollen indécent
Ne précède un ange de sang.

DÉMONIAQUE

Un pied sur les initiales du reptile
Humide glaive dur. Elle au galbe de pie
Voleuse quelle horreur seule au milieu de l'île
Debout sombre héliotrope d'Éthiopie.

L'oursin violet tire une ample giboulée
De flèches autour d'un visage trismégiste
Une sicilienne face auréolée
Se règle sur le vol bijambe d'un cycliste.

Roue immobile de la chance maladroite
L'ongle ou le plâtre s'insurge contre la brosse
Où l'alcool imbibe un nuage d'ouate
Et le point d'interrogation de la crosse.

Et la mitre et la vitre et le globe dessus
Quel catafalque quelle insulte à cette joue
De bronze virginal. Un problème mal su
Fait s'enrouler une signature de boue.

RÉVOLTE

Le nez en l'air montrant la grotte des narines
Les trompettes gonflaient les joues.
Les pâles ouvriers qui remontaient des mines
Virent des espèces de roues.

Des espèces de roues des jambes c'est-à-dire
Des roues ayant forme de jambes
Et tout cela tournait et courait vers le pire
Avec un admirable ensemble.

Les sentinelles d'ombre à trompettes de cuivre
Avaient déserté les guérites
Mais aucun ouvrier ne connaissait le livre
Où ces choses-là sont écrites.

Il en résultait un désordre épouvantable
De bouteilles et de couteaux.
Le vin rouge coulait de blessures des tables
Sur ces monstres orientaux.

Je dis orientaux faute de mieux et parce
Qu'on connaît des temples humains
Ayant pour duper l'homme en d'effrayantes farces
Nombre de jambes et de mains.

Mais les noirs ouvriers laissaient tomber les pioches
Les lampes les casques de cuir
Cherchant naïvement en retournant leurs poches
L'ordre de rester ou de fuir.

De qui viendrait cet ordre où le travail s'arrête ?
Les chefs mobilisent les cars
Et vers le ciel peuplé de monstres les charrettes
Lèvent les bras de leurs brancards.

ROBOT CLASSIQUE

Antéar carmacel volpur alvic orante
Finedis oblumen ravile ostramador
Molaine salamas tourmac talamalente
Affedice iperbouc altermadule udor.

PACTE

Pour ma douleur mourir il faut qu'elle me tue
Attentive aux trois fois chant du coq barbelé
Pour ma douleur mourir et que je m'habitue
A d'elle un calme faux d'alcyon mal ailé.

Pour ma douleur mourir il faut qu'elle sous l'arche
Des nerfs passe et repasse en calculant ses pas
Qu'elle ses chiffres compte et augmente sa marche
Davantage enfonçant les pointes du compas.

Pour ma douleur mourir il la faut morte morte
Bien morte il faut que rien ne reste de ce soir
Que je suis et pas même une dernière porte
À droite conduisant du trône au pourrissoir.

PETITE CHANSON

Ils donnèrent un os au chien
Le chien dansait à la noce
La noce ne demandait rien
Le chien lui donna son os.

Ils burent à la barrique
Pour le coup de l'étrier
Cet os fait de la musique
Leur dit le ménétrier.

Quel rythme Quelle abondance
Il faut espérer qu'enfin
La soif calmera la danse
Danser calmera la faim.

ALCHIMISTES

Arrivent là (mais d'où) sans routes ma fatigue
Et ma douleur qui pour s'anéantir me tuent
Puni figuier du Christ pour n'avoir pas de figues
Ce tatoué désert d'une ombre de statue.

Je renonce. Peut-être encore quelques cris
Pousserai-je silencieusement en robe
Prétexte quelques cris ayant force d'écrits
Vos nez jouant Tolède en place de théorbes.

Fini du rire même atroce d'un cheval
De picador en haut d'un col de cygne rire
Borgne au soleil nouveau de ce médiéval
Cheval sous des tapis pavoisant son martyre.

En ce cheval me change au réveil un sursaut
Qui du songe déplonge et soi-même se morde
Lorsque la vérité surprise dans un seau
Nocturne suppliait qu'on tirât sur la corde.

Vieille aube évangélique enrouant de rosée
Un coq illustre loin devenu me renie
Seule au greffe sans peur de vin rouge arrosée
Cette âme au bord des cataractes du génie.

Christ de chair habillé confiant seule au linge
Sa face au milieu d'une épouvantable escorte
De gars robustes fiers de leurs jambes d'où vins-je
Voir un hibou clouer sur le bois d'une porte ?

Ils le crurent hibou reptile coup de lance
Et même croix crucifiée en un décor
Perpétuellement repeint par l'insolence
Des alchimistes qui le sang transmuent en or.

GOYA AU PRADO

Sous ton regard cruel royaumes et empires
Ne furent qu'un théâtre ouvert à tes acteurs
Toi dont les pinceaux par où tu respires
Semblent imiter tes imitateurs.

SUR UNE STATUETTE DE PAGANINI

De saule son épaule et sa hanche de saule
Il au diabe empruntée armait contre sa joue
Une capricieuse excroissance d'épaule
Musicale arme dont un autre bossu joue.

ALLER RETOUR

Ouverte bouche inverse au miroir de Sosie
Un vol de main jamais à la corde agrafée
Aile en plumes de doigts qui te dénonce Orphée
Héros mélodieux de palingénésie.

CHAMPÊTRE

Pâle rayonne un cœur de gloire chiffonnée
Un gouvernail torride éventé de plumages
Une aube de prairie où de sa hanche née
La mèche ébouriffait ses explosifs sauvages.

Un enfant maniant le soc de la charrue
Aide botté de nacre à la chute des angles
Le cheval dont jamais un blanc sabot ne rue.
Son cruel dentier mord le serpentin des sangles.

Équilibres naïfs d'un sablier céleste
En porte à faux sur les signes du zodiaque
Bousculant l'air en bas stupéfait par les gestes
De ce soleil empanaché de coups de trique.

VICTIMES DE L'AIR

L'hommage accidentel couronne l'impuissance
D'un cortège immobile escorté de clairons
Et le fiacre de nuit et les flammes d'essence
Prennent d'assaut la mort que nous magnifierons.

C'était le nombre d'or de la rencontre ailée
Le passage d'un monde à l'autre le choc pur
Le chant de cygne noir d'une cloche fêlée
Contre quelque montagne en costume de mur.

Du moins se pourrait-il que formassent les roses
Dans un écroulement de sommeil entrouvert
Parmi les linges durs de ces métamorphoses
Une stèle votive aux victimes de l'air.

KITZBÛHEL

Dégel du cri poussé par la dame des cimes
C'est en dormant d'un œil qu'enfin nous réussîmes
        Sans ailes à voler
À cacher l'arsenal de nos poignards de glace
À perdre pied en l'air où s'embrouille la trace
        De vos pas cerf ailé.

Voilà silencieuse abstraite ce que pûmes
Comprendre d'un prodige évanoui de plumes
        Qui poussent sur le dos
Voilà notre glissade aux givres d'une ouate
Offerte dangereuse à ce cygne qui boite
        Et brûle ses vaisseaux.

VASTE

Des murs du vaste était la maison entourée
Et par-dessus le ciel et ses pièges à loups
Et par-dessous allait et venait la marée
Et le vide cachait d'autres hommes que nous.

Soudain la nuit entra de diamants couverte
(Beaucoup de diamants étaient des mondes morts)
Je venais de dormir et dans ma main inerte
Je sentais fourmiller les astres de mon corps.

HOMMAGES
ET POÈMES ESPAGNOLS

« L'art est un attentat contre la pudeur qui s'exerce chez les aveugles. »

J.

HOMMAGE À GONGORA

De ces linges pendus et tordus de ces linges
À travers lesquels l'or se muait en charbon
À travers lesquels noirs se découpaient les cygnes
Devenait gai le triste et funèbre le blond

Le blond funèbre sur le chef au diadème
Signifiant un oursin mâle poignardé
Un dispositif de supplice haut et même
Une minuscule architecture de dés

Préfigurant un désastre une découverte
Maritime et ce cri *Terre* d'un voilier sourd
Un doigt d'orgueil baptise une tache de carte
Où la nuit égorgeait les colombes du jour.

Vîtes-vous sur un linge enfin triangulaire
Cette ombre à profil grec de l'étrange étranger
Payant d'ombres et de linges le seul salaire
D'un prince habile en étendard à se changer ?

Non. Une empreinte à la longue reconnaissable
Sur un sépulcre s'imprime d'estropié
Magnifique refus au caprice du sable
Halte de la démarche immobile d'un pied.

Pied sans fatigue noble épouvantail de hardes
Apte à prendre son vol du choc d'un jeune orteil
À se rendre invisible au silence des gardes
Annulés sur une hanche par le sommeil.

On dit gloire l'oursin inverse des orages
On dit gloire éventail andalou de rayons
La Madone on dit gloire un cuir ouvert d'oranges
Et de grenades seul crime auquel nous croyons.

Contre le mur cloué par un essaim d'abeilles
Voici le successeur de vos linges obscurs
De ces linges pendus d'oreilles en oreilles
Et vos noms enlacés dans le plâtre des murs.

La clarté mentait pour demeurer incomprise
Et la honte marchait à reculons le ciel
Battu par les moulins espagnols d'une crise
Une attaque de nerfs céleste d'irréel

Irréel d'un réalisme passant les bornes
Avec ses vieux portraitistes respirant par
Des bronches de pinceaux par le trou d'une corne
Par un pouce rampant vers l'assaut d'un rempart

Bref une bouche ayant mille bouches de cuivre
Mortes sauf pour l'ouïe insolente d'un bouc
Qui force la barbiche idiote des chèvres
À traverser le fleuve infernal sur son bac.

Debout sur un rivage impollué de spectres
Nos prêtres couverts de splendides oripeaux
Et vous dont l'œil et vous dont l'œil de proie inspecte
Les entrailles d'amour sous l'écorce des peaux.

TRADUCTION
DU

SONNET DE GONGORA

Al sepulcro de Dominico Greco, excelente pintor.

Ce bloc solennel, ô toi qui passes,
Cette clef brillante de porphyre,
Refuse au monde le pinceau le plus ineffable,
Qui donna l'âme au bois et la vie au linge.

Son nom digne encore de plus de souffle
Que celui qui imprime sa forme aux trompettes
Illustre ce marbre lourd :
Adore et passe ton chemin.

Ci-gît Greco ; La terre en hérita
L'art, et l'art la science, Iris les couleurs,
Phébus les rayons, les ombres Morphée.

Qu'une urne telle et si dure,
Boive les larmes et les parfums que pleure
L'écorce en deuil de l'arbre de Saba.

HOMMAGE AU GRECO

Son jardin dans le bras de la route endormi
Suspendait là ses chemises de mandragore
Ses linges foudroyés par un ciel à demi
Ouvert et pareil à l'huître (grec juif ou maure).

Du cierge le mollet coule gros autre larme
Après la cuisse tortueuse sur l'autel
De ses messes extravagantes de ses armes
D'acier trempé d'épée au fleuve de métal.

Tel de métal et de draps de lit ayant forme
D'anges dont la trompette est narine dont l'œil
Éclabousse une gloire noire et cet énorme
Toujours mollet tendu vers les tentes du deuil.

Un citron déroulé dans le sang frais des cruches
Nocturnes au milieu de la fournaise d'une
Gueule de dragon enroulant sa queue aux roches
Hautaines jusqu'à la serpe du clair de lune.

Nous y vînmes par un faux cadavre de jeune
Page au centre d'une étoile de vin d'Espagne
Sur la route en haut de laquelle un jaune jeûne
Pompait les corps érotiques malgré le pagne.

Sous une catastrophe orgueilleuse de gaz
Et de néon l'étrange étranger de Tolède
Soignant le sacerdotal miracle d'Orgaz
En secret épousa la jeune beauté laide.

Il la fit noble par amour Ô voyageur
L'empreinte creuse ici d'un orteil dans le vide
Crains la perle de la coquille au seul plongeur
Offerte sur une arène aux nacres livides.

L'or du diable dont il redoutait la promesse
Et l'or juif de Lévy cavernes ce sont d'elles
Profondément et d'un noir mélange de messes
Qu'il anges arrachait la foudre de vos ailes.

HOMMAGE À VÉLASQUEZ

Si le pigeon ailleurs qu'au bout du bras se pose
Est-ce une main ? Tout nu se montre Vélasquez
Au point que le regard glisse et déclouer n'ose
Le couvercle à clous d'or qui torture sa caisse.

La chambre d'un miroir creuse une chambre inverse
Et véritable où perdre un coup d'œil indiscret
Vers la moustache dont les antennes transpercent
De leur fourche la paille antique des secrets.

Rose est le deuil du nœud des armures d'Infante
Lourd le parfum de chairs et de fard sur les chairs.
Si jamais le soleil profite d'une fente
La dentelle aussitôt le charge de ses fers.

SECOND HOMMAGE À VÉLASQUEZ

Quel feu par le bas flambe et vous gonfle les jupes
Effrayante poupée un supplice espagnol
Peut-être de sorcière inadmise du sol
Dont vous allez partir sous forme de tulipe.

Entraîné par les rouges-gorges de vos mains
Par un mouchoir votre appareil en grande pompe
Tient par un fil encore et l'apparence trompe
D'un catafalque rose avec ses gardes nains.

La fière montgolfière est infante on s'en doute
À ce jeune squelette au seuil du pourrissoir
À ce signe d'adieu que présage un mouchoir
À ce pinceau planté dans le cœur qu'il envoûte.

HOMMAGE À GOYA

Fleur de l'aridité sur de hautes échasses
Enjambes l'avenir te rendant sa monnaie
De singe ses messes hautes ses messes basses
La seule riche d'or en sequins que tu n'aies.

Gais truands sur le roc et la plus élégante
Des familles d'une cour aux nobles grimaces
La grande main de fer d'Espagne dégantée
Sauvant les condamnés à mort par contumace.

Un sac de ville incendiée où manque l'eau
Des soifs il y fallait en silence descendre
Et toi dans l'autre sac d'avoine sur ton dos
Ta mère se brûlant renaissant de ses cendres.

Cet hommage au Prado je l'écrivais inapte
Au pittoresque et ton sourire vif nageant
Avec grâce parmi les ondes que tu captes
Dans l'andalou filet d'une morve d'argent.

HOMMAGE À JÉRÔME BOSCH

Toi qui toi que toi dont toi ventre de cornue
L'échelle de grenouille et la bulle du Pape
Et les mystérieux vignobles de Priape
Et la honte du couple à la licorne nue

Et le verger absurde et le cortège en marche
Vers lui-même et le vent dans une voile d'os
Soufflé par le postérieur d'un patriarche
Te poussant à l'Escurial Dionysos

Et ton rire caché derrière une main vierge
Et le monde effrayé par la foudre d'un pet
Les paradis perdus et les larmes de cierge
Formant un lac en bas on ne peut plus suspect.

HOMMAGE À PICASSO

Les yeux morts larmes d'un rire de bouche en l'air
Les cheveux blonds et la fourche fouillant les sangles
Coupant le câble extraordinaire des nerfs
Déracinant le rosier sauvage des règles

Avec des vides écœurants à force d'être
Les pleins et déliés secs de l'alphabet morse
Intelligible aux doigts aveugles des fenêtres
Et de la Vierge Noire entre l'arbre et l'écorce.

Fusillé par une grêle de raisin mûr
Une flamme de crêpe enroulée à la hampe
Écrasant la fraise espagnole contre un mur
Il allumait le soir la châtaigne des lampes.

Le double sac éjacule un flot de velours
Un solennel mécanisme de jambes roses
S'ingéniant au bout de leurs cruels détours
À ce qu'un point final agenouillé se pose.

Cette ombre singeait fausse un archange de linge
Longue langue naïve écume d'un buisson
Ardent planté de dents et du fer de l'éponge
Glaive si Picasso consacre l'écusson.

HOMMAGE À ANTONIO GAUDI

Vous la forme si paresseuse torturâtes
L'obligeant à la laideur belle des amours
Inexplicables sauf par cette porte étroite
Des passions du vice aux sinueux détours.

Vous dans la ville ayant ses deux arènes mîtes
Les bouches nobles d'un délicieux enfer
Forain avec stalactites et stalagmites
Et Salvador lauré de branchages en fer.

Immobile vertige où les façades bercent
Les courbes de l'enfant pelotonné dans l'œuf
Maternel couronnant par votre grâce inverse
La bacchante ivre un peu dont notre monde est veuf.

HOMMAGE À MANOLETE

Autre il fut Autre était son titre de noblesse
Mercure avait muni ses pieds d'ailes Aux boîtes
À cigares pareil d'or médaillé la messe
Sanctifiait le pur crime de sa main droite.

Entouré d'yeux par le monstre à vingt-quatre mille
Figures de soleil et d'ombre seul il danse
Avec la dame illustre en sanglante mantille
Piquets de fleurs orchestre et cornes d'abondance.

Elle jalousement imagine des noces
Villageoises (sans la moindre cérémonie)
Parfait exemple de cet égoïsme atroce
D'une amoureuse riche éprise de génies.

Soleil noir Rayons noirs Banderilles en berne
Que soient noire la soie et le cheval aveugle
Noire la Vierge Noire une nuit sans lanterne
Nuit maternelle ventre où le fils perdu meugle.

Vint l'oreille au bout d'un bras noir contre sa bouche
Antoine disait à Cléopâtre : *Je meurs*
Égypte Il dit : *Je meurs Espagne* ô ma farouche
Ma noble oreille pleine encore de clameurs.

Cercle relié par le joyau d'une oreille
Votre impeccable vie Échangeâtes vos morts
À Linarès la bête et vous unique abeille
Disparue en un nuage de pollen d'or.

Songe une gloire au bord de cette eau morte assise
Ainsi le vîmes-nous fluvial sur l'image
Sainte Que ceux qui ne savent pas lire lisent
Son nom d'astre loué par ma plume de mage.

HOMMAGE À PASTORA IMPERIO

Jamais je Pastora n'oublierai (*vous qui fûtes*
Reine) je n'oublierai la chambre (*vous qui reine*
Fûtes) où vos talons écrasaient les minutes
Chassaient de la douleur la glorieuse traîne.

Charmant vos propres bras et votre fleur royale
Sur la cime du chef je n'oublierai jamais
La chambre du cruel sable et de la loyale
Lutte entre l'ombre et l'ombre où vos cils
[m'endormaient.

(*Vous qui reine vous qui reine fûtes vous qui*
Fûtes reine) traînant dans votre robe à queue
Le cortège d'Espagne et ses monstres conquis
Par de votre œil naïf la foudre verte et bleue

Jamais je (*vous qui fûtes reine*) Pastora
N'oublierai de vos mains les cornes d'abondance
Leur fourche en l'air cherchant quel feu du ciel saura
Briser le vase noir dont votre coude est l'anse.

Où frappait votre pied jaillirent de Grenade
Les fontaines Vos doigts au-dessus du niveau

De la foule attiraient une force malade
Vers la couronne impériale des pavots.

C'était un soir je n'oublierai jamais assise
Près du catafalque de la souffrance (*vous*
Qui fûtes reine) avec quel soin votre ongle incise
Le pavot dénouant ma ceinture de houx.

HOMMAGE À VAN GOGH

Un rasoir découpe la haie ou barricade
Des dents l'oreille guette un souffle criminel
La lanterne du tournesol sous les arcades
Affronte deux yeux bleus ainsi louche un tunnel.

Au bord de ce combat de coqs des mains exquises
Caressent le sang gras de l'estrade feu d'ar
Tifice furieux sur les places assises
Solennel ouragan des plumages de l'art.

Que dire à ce bandeau si le bois de la pipe
S'avère incombustible et si le champ de blé
N'oppose aucune serpe aux siestes d'une équipe
De moissonneurs dormant un sommeil accablé.

HOMMAGE À KLEIST

Taciturne tu dors chevalier sous la neige
Sache un crocus viril sous sa robe d'aurige
Vaincre des fleurs de Mai le sombre éclatement
Un astre de métal dresser tes bras d'aimant

T'offre un tombeau de gel d'être ta propre dalle
La fente de ton casque ignore le scandale
D'une jeune amazone au sein d'acier bruni
Riant d'un exilé par soi-même banni

Mais quoi ta carapace était-elle assez mûre
Les lances du soleil fracassent ton armure
Tout éclate et dénude un prince ténébreux
Un cygne au bec de fer endormi sur ses œufs.

HOMMAGE À KAFKA

Jusqu'à l'extrémité de sa nuit où ne flambe
Aucune herbe (sur quelle herbe marcherait-il ?)
Imberbe roi des juifs il avance la jambe
Gauche la droite offerte au supplice du gril

Dans une odeur écœurante de viande crue
Seul valable l'instant du mot jadis écrit
On peut voir proférer la parole enfin crue
Ta bouche ouverte avec une forme de cri.

Je te vénère en proie à l'éternité morne
Pire que le tombeau légitime où tu dors
Ton ventre de cheval fouillé par une corne
Ton cou pris dans un nœud de mille corridors.

HOMMAGE À POUCHKINE

De ce jeune bélier l'intraduisible absence
Ride un tambour battu par des doigts de couleur
Tandis qu'au fond du col se concentre l'essence
D'un noir parfum par qui se prolonge la fleur.

La main de singe – Feu ! Les noyaux de cerises
Crachés sur cette mort sournoise (elle vous pique
Au même endroit toujours épinglée aux chemises
Carte où cligne de l'œil une Dame de Pique)

La main de singe elle s'étoile d'arbre en arbre
Bravant l'herbe de lune à Tsarskoïé-Sélo
Avec une insolente érotique ombre arabe
Dont se révolte l'encre au mélange de l'eau.

Le rêve qu'un poète imprudemment dérange
Au bord le mène à pic de son éternité
Et jette sur la neige une écorce d'orange
D'où coule ton jus d'or ô sainte liberté

Un français prononcer le nom ne peut sans honte
Du criminel (et qu'il soit maudit que la Cour
Soit maudite et maudit le monarque) et que monte
Vers les lustres du bal une haine d'amour.

Enfin tzar orageux sur le tapis de pierre
Éclaboussé d'étincelles et de vacarmes
Ne roulant plus nocturne un équestre tonnerre
Qui te figea, sinon un sorcier par ses charmes ?

TOMBEAU MALLARMÉEN
DE MALLARMÉ

À ce néant auquel nul massacre n'oblige
Ouvre une porte adieu solennel du parcours
Et le parfum par quoi se prolonge la tige
Ne puisse imaginer la prairie où tu cours.

Or d'elle dégantée une main qui referme
La porte main de gloire à cet usage veut
Mettre à ce faux passé d'habitudes un terme
Sans que s'y mêle aucune apparence de vœu.

Chaste entre doublement les deux bouches d'un piège
Le voilà seul enfin d'atomes dévêtu
Plus que le marbre lourd plus léger que le liège
Réponse indifférente à notre où donc es-tu.

HOMMAGE À JARRY

La jeune femme assise au bord de moi peignait
La paille elle riait ce rire blond de peigne
Ou d'arête sorti des vagues d'un miroir
Ovale dont le sceptre d'or frôlait sa joue.

Dans une salle à la renverse une escrimeuse
Vise de son fleuret la guêpe corsetée
En armure de rat d'hôtel jeune victime
Lointaine de la cage bleue à mouches bleues.

Spectacle d'ombre de pénombre de triangle
Rectangle roi du vélodrome sac de places
Fortes versant sur les échelles des cascades
D'huile bouillante douce aux douves d'eau croupie.

Donc en haut cette fausse lune se regarde
À l'envers obligatoirement sans excuse
Pour le crime oubliant une gifle de feuille
Morte sur la colère insolente des vitres.

HOMMAGE À RILKE

Silence il fut s'il fut quelque silence s'il
Fut un silence et fut l'autre nocturne bouche
De rose chez les morts pompant une farouche
Pourpre noire s'il fut cette armure de cils
D'une abeille s'il fut la trompe qui s'engouffre
Entre vos lèvres rose (innombrables) s'il fut
La désobéissance et le hautain refus
Aux ordres criminels de la flamme de soufre
S'il fut sa propre bouche une rose sans nom
Sans encore de nom un vrai spectre de rose
Dont le parfum retourne à sa métamorphose
Vers quoi la mort nous guide et d'où nous revenons
S'il fut Orphée et Eurydice un seul fantôme
En costume de peau par peur de faire peur
S'il fut la transparence un appareil de cœur
Qui bat sans battre s'il fut le linge et le baume
Sur les pieds décloués s'il fut la fausse main
Maigre du carrefour qui désigne la route
S'il fut la crainte d'être et la grâce du doute
C'est que son bel hier berçait son lendemain

HOMMAGE À ÉLÉMIR BOURGES

Linges en l'air mouillés de la buanderie
Ils les crurent d'abord des anges suspendus
Ils disaient se peut-il que des laveuses rient
Car à ces linges là tous les honneurs sont dus.

La buanderie est une espèce de serre
Vague palmarium avec un soupirail
Par où les glaives de plusieurs gloires passèrent
Frappant un monstre de buée en plein poitrail.

Et les pendus en chemise de pénitence
Immobiles orteils au-dessus d'un bassin
Bleu sous la corde raide et vierge de potence
Reluquaient bras en croix des laveuses les seins.

Ils les voyaient à vol d'oiseau c'était la cause
Du rire de ces laveuses tordant le cou
D'anges vrais et lorsqu'un des faux anges se pose
Levant leurs battoirs pour l'assommer d'un seul coup.

Ce massacre on l'admet d'un ciel non d'une étuve
D'un piège savonneux ou choir le plus adroit
Le plus brave dans la médiévale cuve
Perdant pied et glissant fût-il un fils de roi.

Mon enfance adorait le parfum fade moite
Belvédère à l'envers espèce de lavoir
À tout prendre on tournait à gauche puis à droite
Et par le soupirail elle essayait de voir

Quoi ? Rien. Une vapeur des glaives de justice
Des femmes se battant contre des morts des chocs
Des rires et sur un tapis de haute lice
Anse et poing par la mousse empanachés du bock.

Le duc j'ai tard connu sa cour de triste sire
L'égout de la buanderie et le charmant
Le frileux gardien des figures de cire
Oublié par la gloire inoubliablement.

HOMMAGE À LEWIS CARROLL

Délicieusement toi qui trompes l'époque
Un œil bandé ta main d'archidiacre vénère
L'objectif mâle épris sous leurs sournoises loques
D'un cortège cruel d'héroïnes sans mères

Toutes cheveux épars en chemise pieds nus
Pour l'amende honorable ignorent le supplice
D'être offertes un jour aux bourreaux inconnus
(Connus du seul miroir que savait vaincre Alice)

Terrible était le Snark et tendre le chasseur
D'images où le crime en sapin se déguise
D'astres illuminé La sœur livre la sœur
Les clefs te remettant de cette place prise

Un oiseau veut sortir que sera-t-il un aigle
D'Olympe ou quelque roi des Aulnes des miroirs
Famille ravissant une bergère espiègle
À vos yeux rassurés par un capuchon noir

Mais quel pur loup captif en son rôle d'ermite
Quels charmeurs à l'oreille innocente discours
Photographe sous le capuchon que vous mîtes
Impuni don Juan des naïves amours.

ESPAGNE

La fraise au cou des nobles
Les ailes aux chaussures
Les vignobles ignobles
Sur la lèpre des murs

Le mur est en dentelle
Le mur est en ciment
Il y tombe une grêle
Horizontalement

C'est ainsi qu'une fente
Laisse passer la main
L'archevêque l'Infante
Sans oublier le nain

C'est ainsi que se troue
La guitare des corps
C'est ainsi que la boue
Aime coucher dehors.

MALAGA

La mer courait après la mer c'étaient les vagues
La barque avait cet œil des morts égyptiens
Et l'œil lui permettait de recoiffer ses algues
Ma paume grande ouverte au profil des gipsies.

Le vieux monde séchait son linge sur les branches
D'un figuier sec d'où le corps du pendu tomba
Sans émouvoir l'œil de la sirène de planches
Ni relever des gitanes le profil bas.

SANGRE TORERA

Éclairé par l'oursin d'une bougie au bout
D'un bras mince de jeune écolière taurine
Le minotaure la grotte de ses narines
Ses frisures d'une soupe d'herbes qui bout.

À l'extrémité du cirque de têtes mortes
De peur et de cruels peignes montrant les dents
Le doigt (d'allonge interminable) ouvre les portes
À ce naïf dehors croyant être dedans.

Un théâtre pavoisé de cordes à linge
Entre lesquelles un souffle silencieux
D'ailes trop longues pour les places d'ombre singe
Une tempête sur le golfe à pic des cieux.

SUERTES

Éclate arrosé feu par un enfer de forge
Théâtrale cachant l'épée ainsi brûlèrent
Les églises ainsi la gargoulette en l'air
Pisse de haut son fil rouge au fond de la gorge

Brûler Éteindre Feu des entrailles Trépigne
Le gitan sanglotant pour rire avec ses mains
Et ses talons foulant les cuves de sa vigne
Le sable d'une vieille Égypte sans chemins

De Crête s'élève un meuglement pour la mère
Une stupeur de ce jardin sur le garrot
Le soc noir qui laboure une inhumaine terre
D'où fleurissent les jambes roses du bourreau

Il frisait rouge sur une frise à Knossos
Et par ailleurs une forteresse de lyres
Le fils du sacrifice et sa corne de l'os
Née en forme de quoi chante un dieu son délire.

LES BELLES DAMES DU TOURNOI

Les picadors elles sifflèrent.
Leurs vieilles jupes de tournoi
De tapis battus eurent l'air
Sur un cheval qui se noie.

Le matador elles sifflèrent.
Dans sa vague noire enroulée
Un coup de pied fut le salaire
De ses fesses trop bien moulées.

Le taureau mort elles sifflèrent
Traîné par les chevaux du roi.
Il n'est pas facile de plaire
Aux belles dames du tournoi.

FLEUVE DU TAGE

Duchesse de Langeais invisible jouâtes
Fleuve du Tage quel est donc cet air ce roc
Coq de Tolède armé de couteaux à ses pattes
De couteaux mis Tolède à vos pattes de coq ?

Votre lèpre drapant autour de l'os Castille
Tel qu'un soldat venu des Flandres (flamenco
Disaient-ils) étonnés par ces coqs en guenilles
Sentinelles jouant les rôles de l'écho.

Pour vos combats Gréco de coqs rafales d'ailes
Volent de roche en roche et d'étage en étage
En nonne travesti coupe Marsay l'échelle
De corde déroulant une boucle du Tage.

Autres le ciel qui n'a de couleurs que les siennes
Sauf quelque mur zébré par l'échelle de corde
Contre les parois sauf une feinte persienne
Et le trou sur lequel une griffe s'accorde.

Voient sous les vagues choir votre défunte perle
Déserte d'orient ailleurs encre le jet
Éclabousse un profil d'ange aux plumes de merle
Sur la tombe debout ducale de Langeais.

CET OLIVIER-LÀ

Pour la forme il fallait un prêtre, mais quel prêtre
Accepterait de voir son ombre morte en celle
Vive de l'olivier où le culte s'apprête
Avec cet air d'un cycliste poussant sa selle

Échouant la machine à cornes sous les branches
De l'olivier où s'inscrivirent les amants
Le crime troussant de sa chemise les manches
Insulte une châtaigne de diamant.

Châtaigne en face d'un paysage en ses rêves
Déjà plusieurs fois vu ce coup-ci c'est la bonne
Corps et arbre debout se pavoiser de sèves
Un secours ne du ciel venir ni de personne.

Ordre de séparer la forme et la couleur
Un ange maladroit son allure déguise
Et sa petite trompette de rémouleur
Annonce que son pied le fil d'une âme aiguise.

C'est l'instant où le cycliste prend sa machine
L'enfourche et déhanché s'éloigne sur le cuir
Avec le style d'un supplicié de Chine
Saluant très bas le sabre qui l'aide à fuir

VERS GRENADE

Insulte du matin sur vos plumes de merle
Réponse au poivre de Cayenne de l'œillet
Injurieux crachat une vague vous parle
De la mer rouge où la mère assise veillait.

À la bougie éclaboussante en haut et larmes
En bas (la cire offerte aux touffes d'oranger
Parfumant lessivant des linges à ses armes
Pour le grave dormeur qu'on n'ose déranger)

C'est du moins ce que je présume d'une sainte
Visite d'un pèlerinage sous le feu
Solaire inscrivant un triangle d'ombre peinte
Peinte on dirait sur sa demi-face de Chleuh.

Autre de cette lanterne serait la mine
Autres les brancardiers du culte d'Avila
Autres les alambics pour la scopolamine
D'une mandragore inexplicablement là.

GRENADE

Granada
Agua oculta que llora
Manuel MACHADO.

La nuit faisait sécher ses linges
Et ses linges étaient demeures
Les hommes qui vivent qui meurent
De ces maisons étaient les songes

On entendait des chiens des claques
De mains gitanes des cloches
Tout cela comme au fond d'un lac
Comme un mouchoir sur une bouche

L'hôtel était orné de plantes
Il donnait à pic sur les vagues
Des vagues extrêmement lentes
Des vagues extrêmement vagues

Une montagne d'eaux et d'arbres
A perdu ceux qui la chantèrent
Ses poètes et ses arabes.
C'est ce que disent les guitares

ESCORIAL

Envielta en sus harapos
Desdeña cuanto ignora
Antonio MACHADO.

Liquide amer métal rois feus vos sangs d'orgueil
Captifs de Jérès loin de vos noirs sarcophages
Sous nos signes de craie une roue et ce deuil
De corbillards pourris et rangés par étages.

Vous fûtes fusillés par des mitrailles d'orgue
Ces tromblons et ces trompettes d'Apocalypse
Quand la lune empesait vos lucarnes de morgue
Votre ignorance méprisante des éclipses.

Pétrifiés par le miel glacial des cryptes
Par la chasuble du torero par la cape
De l'évêque par vous sauterelles d'Égypte
Gitans qui sanglotez autour des saintes nappes.

Par les Bourbon se léguant des barbes de chair
Par le faste royal des bagues sur l'épée
Par l'aigle aveugle et par cet épouvantail fier
Une Castille chauve en ses haillons drapée.

TABLE DES MATIÈRES

CLAIR-OBSCUR

DU MÊME AUTEUR

Le Cap de Bonne-Espérance

La Sirène, 1918
et « Poésie/Gallimard », n° 19, 1991

Vocabulaire

La Sirène, 1922

Thomas l'imposteur

Gallimard, 1923
et « Folio », n° 480

Dessins

poésie graphique
Stock, 1923
J. Damase, 1987

Plain-chant

Stock, 1923

Le Potomak

Stock, 1924
Passage du marais, 2000

Le Mystère de Jean l'Oiseleur

Champion, 1925
Persona, 1983

Orphée

Stock, 1926, 1986, 1994, 2005
et « J'ai Lu », n° 2172
« Librio », 2001

Maison de santé

Briant-Robert, 1926
Fata Morgana, 2001

Œdipe roi, Romeo et Juliette

Plon, 1928

25 dessins d'un dormeur

Mermod, 1928
Fata Morgana, 2002

Les Enfants terribles

Grasset, 1929
« Le Livre de Poche », n° 399
et « Les Cahiers rouges », 2002

Le Livre blanc

Éditions du Signe, 1930
Persona, 1981
et « Le Livre de Poche », n° 3305

La Voix humaine

Stock, 1930, 1990

Opium

Stock, 1930, 1983, 2005
et « Le Livre de Poche », n° 13795

Essai de critique indirecte

Grasset, 1932
et « Les Cahiers rouges », 2003

La Machine infernale

Grasset, 1934
Larousse, 1998
et « Les Cahiers rouges », 2003

Portraits souvenir : 1900-1914

Grasset, 1935, 1977
et « Les Cahiers rouges », 2003

Tour du monde en 80 jours

Gallimard, 1937
et coll. « Idées » n° 493

La Fin du Potomak

Gallimard, 1940

La Belle et la Bête : journal d'un film

J.-B. Janin, 1946
Le Rocher, 1994, 2003

La Difficulté d'être

Morihien, 1947
Le Rocher, 1989, 2003
et « Le Livre de Poche », n° 3188

Drôle de ménage

Morihien, 1948
Passage du Marais, 1993, 1998

Reines de France

Grasset, 1948, 1952
et « Les Cahiers rouges », 2003

Les Parents terribles

Gallimard, 1948
« Folio », n° 149
rééd. complétée, « Folio théâtre » n° 14

Théâtre vol. 1 : Antigone / Les Mariés de la tour Eiffel / Les Chevaliers de la table ronde

Gallimard, 1948, 1997
et pour Antigone, *« Folio » n° 908*

Théâtre vol. 2 : Les Monstres sacrés / La Machine à écrire / Renaud et Armide

Gallimard, 1948, 1990

L'Aigle à deux têtes

Gallimard, 1948
et « Folio » n° 328

Théâtre de poche

Morihien, 1949
Le Rocher, 1992, 2003

Lettre aux Américains

Grasset, 1949
et « Les Cahiers rouges », 2003

Maalesh : journal d'une tournée de théâtre

Gallimard, 1950, 1989

Jean Marais
Calmann-Lévy, 1951, 1975

Journal d'un inconnu
Grasset, 1952
et « Les Cahiers rouges », 2003

Bacchus
Gallimard, 1952, 1989
et « Folio Théâtre », n° 50

Appogiatures
Le Rocher, 1953, 1989, 2000

Poèmes 1916-1955
Gallimard, 1956

Le Discours d'Oxford
Gallimard, 1956

La Corrida du 1er mai
Grasset, 1957
et « Les Cahiers rouges », 2003

Entretiens sur le Musée de Dresde
(avec Louis Aragon)
Le Cercle d'art, 1957, 1983

Paraprosodies
Le Rocher, 1959, 1989, 2000

Poésie critique, vol. 1
Gallimard, 1959

Poésie critique, vol. 2. Monologues
Gallimard, 1960

Nouveau théâtre de poche
Le Rocher, 1960

Cérémonial espagnol du phénix
Gallimard, 1961

Le Cordon ombilical
Plon, 1962
Allia, 2003

Le Requiem
Gallimard, 1962

L'Impromptu de Port-Royal
Gallimard, 1962

Poésie de journalisme 1935-1938
Belfond, 1963, 1977

Entre Picasso et Radiguet
Hermann, 1967, 1997

Faire-part inédits
Saint-Germain-des-Prés, 1968, 1972

Paul et Virginie
(avec Raymond Radiguet)
Lattès, 1968, 1973

Le Gendarme incompris
(avec Raymond Radiguet)
Gallimard, 1971

Le Coq et l'arlequin
Stock, 1979

Le Passé défini, vol.1, 1951-1952
Gallimard, 1983

Vocabulaire, Plain-chant
et autres poèmes (1922-1946)
« Poésie/Gallimard », n° 176, 1983

Le Passé défini, vol. 2, 1953
Gallimard, 1986

Entretiens sur le cinématographe
Ramsay, 1986
rééd. sous le titre Du cinématographe
Belfond, 1988
Le Rocher, 2003

Embarcadères
Fata Morgana, 1986

Entretiens
Le Rocher, 1988

Le Sang d'un poète
Le Rocher, 1989, 1993, 2003

Le Passé défini, vol. 3, 1954
Gallimard, 1989

Tambour
Fata Morgana, 1989

Portrait souvenir de Jean Cocteau : entretien
Tallandier, 1989

Un anniversaire de Jean Cocteau : 1889-1989
Marval, 1989

Journal 1942-1945
Gallimard, 1989

La Belle et la Bête
Belfond, 1990

Portraits d'amis et autoportraits
Mentha, 1991

Autoportraits de l'acrobate
Fata Morgana, 1995

Les Murs de Jean Cocteau
(Photographies de Suzanne Held)
Hermé, 1998

Photographies et dessins de guerre
Actes Sud, 2000

Cortège de la désobéissance
Fata Morgana, 2001

Sur la poésie
La Renaissance du livre, 2001

28 autoportraits : écrits et dessinés (1928-1963)
Écriture, 2003

Le Testament d'Orphée
Le Rocher, 2003

Le Cocteau
Mango-Jeunesse, 2003

Le Théâtre de rue
Fata Morgana, 2003

Sur le Sang d'un poète
Paris-Méditerranée, 2003

Choix de poèmes
« Folio Junior », 2004

Madame Rumilly
Fata Morgana, 2004

L'Esprit de Jean Cocteau
Lumières du Sud, 2005

Un rêve de Mallarmé
Fata Morgana, 2005

Le Passé défini, vol.4, 1955 : journal
Gallimard, 2005

L'Appolon des bandagistes
Fata Morgana, 2006

Œuvres complètes

Œuvres poétiques complètes
Gallimard, « La Pléiade », 1999

Théâtre complet
Gallimard, « La Pléiade », 2003

Œuvres romanesques complètes
Gallimard, « La Pléiade », 2006

Correspondances

Lettre à Jacques Maritain
Stock, 1926, 1984

Cahiers Jean Cocteau : Anna de Noailles, correspondance
Gallimard, 1963, 1989

Lettres à Milorad : 1955-1963
Le Cherche-Midi, 1981

Correspondance avec Jean-Marie Magnan
Belfond, 1981

Lettres à Jean Marais
Albin Michel, 1987

Correspondances avec Lucien Clergue
Actes Sud, 1989

Lettres de l'Oiseleur
Le Rocher, 1989

Lettres à sa mère, 1898-1918
Gallimard, 1989

Correspondance Guillaume Apollinaire et Jean Cocteau
Jean-Michel Place, 1991

Cahiers Jean Cocteau : correspondance 1923-1963
Gallimard, 1993

Correspondance avec Jacques-Émile Blanche
La Table ronde, 1993

Lettres à Jean-Jacques Khim
Rougeire, 1996

Correspondance avec Georges Auric
Université Paul Valéry, 1999

Correspondance avec Darius Milhaud
Novetlé, 1999

Cocteau, mots et plumes :
lettres à Jean-Marie Magnan (1956-1963)
Autres temps, 1999

Correspondance : 1917-1944
Paris-Méditerranée, 2000

Lettres à sa mère, 1906-1918
Le Mercure de France, 2001

Correspondance croisée avec Louise de Vilmorin
Le Promeneur, 2003

RÉALISATION : IGS-CP À L'ISLE-D'ESPAGNAC
IMPRESSION : NORMANDIE ROTO S.A.S. À LONRAI
DÉPÔT LÉGAL : FÉVRIER 2007. Nº 91340 (070101)
IMPRIMÉ EN FRANCE

Collection Points Poésie

P1446. Œuvre poétique, *Léopold Sédar Senghor*
P1447. Cadastre, *suivi de* Moi, laminaire…, *Aimé Césaire*
P1448. La Terre vaine et autres poèmes, *Thomas Stearns Eliot*
P1449. Le Reste du voyage et autres poèmes, *Bernard Noël*
P1450. Haïkus, *anthologie*
P1466. Élégies de Duino *suivi de* Sonnets à Orphée
Rainer Maria Rilke
P1467. Rilke, *Philippe Jaccottet*
P1502. Mexico City Blues, *Jack Kerouac*
P1503. Poésie verticale, *Roberto Juarroz*
P1572. Renverse du souffle, *Paul Celan*
P1573. Pour un tombeau d Anatole, *Stéphane Mallarmé*
P1574. 95 poèmes, *E. E. Cummings*
P1615. Clair-obscur, *Jean Cocteau*

Collection Points

DERNIERS TITRES PARUS

P1577. C'est la cata. Petit manuel du français maltraité
Pierre Bénard
P1578. L'Avortement, *Richard Brautigan*
P1579. Les Braban, *Patrick Besson*
P1580. Le Sac à main, *Marie Desplechin*
P1581. Nouvelles du monde entier, *Vincent Ravalec*
P1582. Le Sens de l'arnaque, *James Swain*
P1583. L'Automne à Cuba, *Leonardo Padura*
P1584. Le Glaive et la Flamme. La Saga du Roi Dragon III
Stephen Lawhead
P1585. La Belle Arcane. La Malerune III
Michel Robert et Pierre Grimbert
P1586. Femme en costume de bataille, *Antonio Benitez-Rojo*
P1587. Le Cavalier de l'Olympe. Le Châtiment des Dieux II
François Rachline
P1588. Le Pas de l'ourse, *Douglas Glover*
P1589. Lignes de fond, *Neil Jordan*
P1590. Monsieur Butterfly, *Howard Buten*
P1591. Parfois je ris tout seul, *Jean-Paul Dubois*
P1592. Sang impur, *Hugo Hamilton*
P1593. Le Musée de la sirène, *Cypora Petitjean-Cerf*
P1594. Histoire de la gauche caviar, *Laurent Joffrin*
P1595. Les Enfants de chœur (Little Children), *Tom Perrotta*
P1596. Les Femmes politiques, *Laure Adler*
P1597. La Preuve par le sang, *Jonathan Kellerman*
P1598. La Femme en vert, *Arnaldur Indridason*
P1599. Le Che s'est suicidé, *Petros Markaris*
P1600. Les Nouvelles Enquêtes du juge Ti, vol. 3
Le Palais des courtisanes, *Frédéric Lenormand*
P1601. Trahie, *Karin Alvtegen*
P1602. Les Requins de Trieste, *Veit Heinichen*
P1603. Pour adultes seulement, *Philip Le Roy*
P1604. Offre publique d'assassinat, *Stephen W. Frey*
P1605. L'Heure du châtiment, *Eileen Dreyer*
P1606. Aden, *Anne-Marie Garat*
P1607. Histoire secrète du Mossad, *Gordon Thomas*
P1608. La Guerre du paradis. Le Chant d'Albion I, *Stephen Lawhead*
P1609. La Terre des Morts. Les Enfants de l'Atlantide IV
Bernard Simonay

P1610. Thenser. Aradia II, *Tanith Lee*
P1611. Le Petit Livre des gros câlins, *Kathleen Keating*
P1612. Un soir de décembre, *Delphine de Vigan*
P1613. L'Amour foudre, *Henri Gougaud*
P1614. Chaque jour est un adieu *suivi de* Un jeune homme est passé
Alain Rémond
P1615. Clair-obscur, *Jean Cocteau*
P1616. Chihuahua, zébu et Cie.
L'étonnante histoire des noms d'animaux
Henriette Walter et Pierre Avenas
P1617. Les Chaussettes de l'archiduchesse et autres défis
de la prononciation
Julos Beaucarne et Pierre Jaskarzec
P1618. My rendez-vous with a femme fatale.
Les mots français dans les langues étrangères
Franck Resplandy
P1619. Seulement l'amour, *Philippe Ségur*
P1620. La Jeune Fille et la Mère, *Leïla Marouane*
P1621. L'Increvable Monsieur Schneck, *Colombe Schneck*
P1622. Les Douze Abbés de Challant, *Laura Mancinelli*
P1623. Un monde vacillant, *Cynthia Ozick*
P1624. Les Jouets vivants, *Jean-Yves Cendrey*
P1625. Le Livre noir de la condition des femmes
Christine Ockrent (dir.)
P1626. Comme deux frères, *Jean-François Kahn et Axel Kahn*
P1627. Equador, *Miguel Sousa Tavares*
P1628. Du côté où se lève le soleil, *Anne-Sophie Jacouty*
P1629. L'Affaire Hamilton, *Michelle De Kretser*
P1630. Une passion indienne, *Javier Moro*
P1631. La Cité des amants perdus, *Nadeem Aslam*
P1632. Rumeurs de haine, *Taslima Nasreen*
P1633. Le Chromosome de Calcutta, *Amitav Ghosh*
P1634. Show business, *Shashi Tharoor*
P1635. La Fille de l'arnaqueur, *Ed Dee*
P1636. En plein vol, *Jan Burke*
P1637. Retour à la Grande Ombre, *Hakan Nesser*
P1638. Wren. Les Descendants de Merlin I, *Irene Radford*
P1639. Petit manuel de savoir-vivre à l'usage des enseignants
Boris Seguin, Frédéric Teillard
P1640. Les Voleurs d'écritures *suivi de* Les Tireurs d'étoiles
Azouz Begag
P1641. L'Empreinte des dieux. Le Cycle de Mithra I
Rachel Tanner